Gaea

獵命師傳奇

FateHunter

獵命師傳奇系列【卷十八】

九把刀 Giddens 著

「不可詩意的刀老大」之

電影我拍完了

我想，在閱讀這一段《獵命師》史上最長的序之前，一定要看完整本《那些年，我們一起追的女孩》。等你讀完了那一本小說，你會非常了解我接下來要說的每一件事，每一滴點的感動。

大家都知道，自從二〇〇八年年底我因緣際會拍了僅僅26分鐘的電影短片「三聲有幸」後，嚐到了電影從無到有的甘苦，看見了親手拍攝出來的作品後，不知不覺，已踏進了我過去從來沒認眞思考過的新世界。

我知道我不會就這麼罷手。捨不得。

電影世界的輪廓，我才剛弄懂了一小部分，一切都還模模糊糊的，就這麼帶著戀戀不捨的表情離去，不是我的戰鬥風格。人生不是在「解成就破關」，人生的戰鬥履歷絕對不是「只要有做就好」——有出過書就好，有寫過歌就好，有寫過劇本就好，有拍過電影就好，所謂每做完一件事，就在那一項履歷上面打一個勾就好——人生不是及格就好，至少我的人生不是這樣。

我想把電影這一個履歷欄位，做得更帥更漂亮更厲害，更沒有悔恨。

我想再拍一次電影，這次當然是一部一百分鐘以上的電影長片。

雖然感覺很熱血，我不會矯情地說，拍電影是我的夢想。那樣的說法不僅虛僞，且太褻瀆了從很久以前就在圈子裡耕耘的電影工作者。

但我可以意志堅定地說，拍「那些年，我們一起追的女孩」，的的確確是我的夢想——手中有原著小說的人，翻到第二百八十三頁，我寫下這一段：

我希望，在沈佳儀的心中，我永遠都是最特別的朋友。

幼稚的我，想讓沈佳儀永遠都記得，柯景騰是唯一沒有在婚禮親過她的人。我連這麼一點點的特別，都想要小心珍惜。我不只是她生命的一行註解，還是好多好多絕無僅有的畫面。

決定後，我看著新娘與新郎親吻的瞬間，突然想到一個很特別的熱血畫面。一個足以將我們這個青春故事，划向電影的特別版結局。

早在二〇〇五年的時候，我就在參加沈佳宜婚禮的時候埋下了電影的種子，只是我以爲我與這部小說改編的電影連結的身分會是編劇，根本想不到會是導演。現在我終於勝任導演了，我當然想親自動手詮釋自己的青春。

下了決定，我也沒浪費時間「擬定計畫」，我立刻動手去做。

關起門我開始寫劇本，一個禮拜不到我就完成了初稿1.0版本，自以爲天才。但最後修修改改、大翻動破壞結構、小地方消化鑽研，一共改了五十多次，前後寫了十個月才完成。我很認眞，在寫劇本時已經在腦袋裡拍了一遍又一遍成本無節制的任性版電影。

雖然「愛到底」票房只有八百多萬，但由於我那一段電影短片「三聲有幸」迴響很好，在上映之後有三間電影公司主動找我拍攝電影長片，其中有一間提出的拍片資金多達六千萬，這個數字對一個新導演來說未免也太……天塌下來的驚人！

但爲了回收順利，這些電影公司都要我優先拍攝可以在大陸上映的電影題材（既然我寫了這麼多本書，挑一個可以在大陸上映的題材應該不難），所以他們的好意我心領了，因爲不管我這輩子會拍幾部電影，總之我的第一部電影長片，一定是「那些年，我們一起追的女孩」，而我所想像的拍攝方式與表現風格，肯定無法進入大陸。

喜歡一個人，就要偶爾做一些自己不喜歡的事，想完成夢想，就要做一些自己從不擅長的事——所以我也開始籌措資金。我的認眞感染到了我的經紀人柴智屛柴姊，或許她也想知道我會不會是一個好導演，於是柴姊接手了募集資金的工作，除了柴姊自己投資，也找到了其他願意一起下注的股東。

爲了擁有更多的資源，我一手將劇本投稿給國片輔導金，另一手投稿給行政院優良電影劇本獎。但我可沒有依賴輔導金的押注——我在輔導金面試時，當場告訴評審：「我不會唬爛，唬爛說沒有你們的輔導金電影就拍不出來，我說，縱使沒有輔導金，電影我一樣會拍，我本來就是一個非常有意志力的人，我不是來這裡說一些國片拍攝困難的話，如果最後我兩手空空離開這裡，電影我照常開拍，但有了輔導金的幫忙，電影一定會拍得更好看。」於是我拿走了當年度新人組最高金額的五百萬。謝謝。

於是我公開我的計畫，公開與夢想周旋。

華人世界一向欣賞默默做事、默默努力的人，當這些擁有謙虛特質的人成功的時候，旁人更會因爲其鴨子划水般的努力給予熱烈的掌聲。但大家都沒想過，這些默默做事的人擁有一個潛在的優勢，那就是：當他們失敗的時候，沒有人會知道他們曾經努力過。

我的毛病就是太臭屁，我總是將我想完成的夢想說出來先，然後再窮一切努力追求它。公開談論我要前往的目標，第一個缺點很明顯，就是當我失敗的時候，所有人都會知道九把刀這回吃屎了。第二個缺點也很明顯，當我成功的時候，大家並不會讚賞我終於實踐了夢想，鄉民只會記得「那一個侃侃而談夢想的九把刀，感覺太驕傲了」，科科。

缺點不少，但我就是這麼一個有話就說的漢子。

那一段漫長的劇本創作與籌備期中，我不只在網誌公布電影進度，我也迫不急待在許多校園演講最後十分鐘加入這一段話：「我即將在二〇〇九年夏天，拍攝電影長片，那些年我們一起追的女孩，電影會在彰化拍，因爲故事發生在彰化，電影會在精誠中學拍，因爲故事發生在精誠中學，我的電影不打折扣，因爲我的青春……不打折扣！」

這時聽眾都會給我相當熱烈的掌聲，給我虛榮的快樂，同時也給了我勇氣。

但我失敗了。

電影並沒有如期在二〇〇九年的夏天開拍，因爲我太低估了電影籌備的細功夫，以及太高估了業界支持我的力量（或者應該說，我高估了業界評估這部電影成本回收的能力），一切進展並不如我所想像的電光火石水到渠成。

更重要的是，我是一個新導演，我非常需要一個很厲害的攝影師協助我，但所有知名的攝影師不是說沒有時間、就是覺得電影題材與他們過往的拍攝風格不適合而拒絕我。我有點受傷。

遇到了困難，我很挫折，但沒有挫折到想逃跑。

有一個人說：「說出來會被嘲笑的夢想，才有實踐的價值，即使跌倒了，姿勢也會非常豪邁。」這個人，偏偏就是我自己。

電影觸礁，但只要我不放棄，這艘名爲夢想的船就不會擱淺。

我持續努力籌措一切，我著手面試所有的主要演員，親自挑選片段劇本請面試的演員以眞才實料的表演試鏡，我在底下看著所有人的表演，琢磨他們在畫面上的感覺。

我以舊班底爲主籌組劇組，確認主要工作人員，自己不斷來回彰化台北確認主要場景精誠中學的拍攝合作條件，與兩個執行導演好友有事沒事就在我家開劇本會議……

嘴砲照舊，我依然在校園演講最後十分鐘加入這一段：「我即將在二〇一〇年夏天，拍攝電影長片『那些年我們一起追的女孩』，電影會在彰化拍，因爲故事發生在彰化，電影會在精誠中學拍，因爲故事發生在精誠中學，我的電影不打折扣，因爲我的青春……不打折扣！」

我說得很熱血，這時現場的聽眾還是會給我相當熱烈的掌聲。

在台上我一邊接受著鼓舞，卻也暗暗擔心，這一切如果還是失敗，大家只會知道我失敗了，卻不會知道我的確付出了努力——結果論就是一切，失敗就是失敗，失敗的夢想等於一場嘴砲。鄉民文化我洗禮已久。

幸好，我不只很努力，不只很幸運，而且相當地大膽。

爲了要向柴姊宣示我的信心，某次演員試戲後的幕後討論中，我異常鄭重地按著桌子說：「柴姊，現在我要講出來的話，都不會反悔，不可能反悔，我說出口了就會算數。」

「你說啊。」柴姊總是含意很深地看著我。

「柴姊，我也要丟錢下去。」

「喔？」

「眞的，我說再多我有信心聽起來都太假了，如果我眞的有信心，不就該用實質的行動證明嗎？如果我自己也投資下去，電影慘賠的時候我也會痛到……」

「什麼慘賠！不會賠！不會賠！」柴姊大笑打斷我的話：「我們要正面思考！」

「對，不會賠，所以就當我貪心，所以我不只要當導演，還要當股東！這部電影成功的時候也會有我的份，我不想也不會錯過。所以我要用我們選出來的這些演員，只要劇本好，大家拍得好，沒有大明星電影一樣會賣座！」

自己有投資，給了柴姊信心，也壯了我自己的氣。

接著我便以飾演女神沈佳宜的陳妍希爲核心，打造了「充滿無窮未知數」的主要演員群。小時候超猛可長大後第一次演電影的前童星郝劭文、同樣擁有很多酸民倒噓的棒棒堂一哥敖犬、雖然貴爲部落格天后卻完全沒演過電影的彎彎、只演過「艋舺」的歌手兼主持人蔡昌憲、曾奪得金穗獎最佳演員卻缺乏市場知名度的鄢勝宇。當然了，還有完全沒有任何演出經驗的百分之百新人，卻飾演戲分最吃重的男主角柯震東。

很恐怖了嗎？

還沒完。

最後我們面試了攝影師周宜賢。表面上我們假裝一板一眼地面試阿賢，實際上我卻在心裡吶喊：「幹不要再拒絕我了！這明明就是一個很厲害的劇本啊！」最後從未拍過電影的攝影師周宜賢，以「好啊，反正敢用我，你們也算很屌」的機八宣言，大膽扛起了電影的攝影機RED ONE。

恐怖的還沒完。

我的兩個執行導演好友，雖然拍過不少小製作的MV、廣告、實驗性的短片，但都沒參與過電影長片的製作，而我們找來的製作公司精漢堂，也是第一次承包電影長片，我們所有募集而來的工作人員都沒超過38歲，有些年輕人還是本著「我喜歡九把刀，我想看他怎麼拍電影」爲前提，進入劇組當苦幹實幹的實習生。

老實說這眞是一群未爆彈集合的陣容！

但我沒有資格說別人，因爲導演我本身就是一顆最大的超級未爆彈哈哈哈哈！

這個劇組不管是演員或是工作人員的表面組成，絕對不是可以攻佔各大媒體版面的黃金陣容，但反過來說，我們的背後都沒有什麼可以失去的東西，至於前方——只要敢踏出去，前方都是無限寬廣的可能性。

眞的，我要拍的不是小品，不是實驗性作品，不是意識流，而是一部眞正好看的大眾電影。我打從心底覺得——只要我意志堅定，這個劇組就會「有愛」，只要大家通力合作確實拍出劇本的靈魂，電影就會很好看！

這段時間我默默囤稿，不斷與所有人開會，默默承受著鄉民對我拍電影的質疑與嘲諷：是否寫作混不下去了，只好跑去當導演？哇連九把刀都跑去當導演啦，那就是說這年頭誰都可以當導演囉？未看先噓九把刀！半路出家就學人家當導演，會不會太小看電影了？

沒關係的，網路是我的翅膀，同時也是我的業障。

只有當我可以真心接受這個世界不喜歡我的人跟喜歡我的人一樣多的時候，我才可以從容地做我自己。

一切就讓電影最後的畫面，決定這個世界跟我對話的所有姿勢。

正當我跟精誠中學校方談好，劇組就是會在八月進駐學校展開拍攝之際，正當我信心滿滿與演員展開讀本與表演訓練前，接下來，就發生了我之前在網誌書《BUT！人生中最厲害就是這個BUT！》裡提過的暗黑事件：電影前期加入的最大股東，在電影即將開拍前夕——忽然撤資了。

撤資了，關鍵的一千萬也蒸發了。

我超震驚的。

說好的事忽然不算數？怎麼可以不算數！

只要我無法準時在八月暑期輔導的時候進入精誠中學拍攝，就等於宣判電影必須延期整整一年，延到隔年暑假才能在精誠拍。否則就要換學校。當然了，如果我遲遲無法找到缺少的那一千萬，就不是精誠中學不讓我們在平日上課時期拍電影的問題，而是電影根本不夠資金拍攝的問題！

硬著頭皮，實際上現在也只能硬著頭皮了，我爆熱血地向柴姊說，電影欠缺的所有資金我都扛下來了，我打算用這些年我累積下來的版稅去對付這一場冒險，我說：「我買過車，也買了房子，但從今以後我終於可以說，我買過最貴的東西，是夢想。」

就因為這句自以為很帥的對白，柴姊點頭，我的電影夢得以繼續燃燒下去。

現在，我要說一段後續沒說完的幕後故事……

正當電影搖搖欲墜之際，距離劇組正式運作（也就是開始大燒錢）只剩區區兩個禮拜了，我的信心其實處於一種奇妙的自虐式假熱血狀態，亦即「無路可退之下的被迫勇敢」。這種心態讓我自己暗暗驚懼。

那時，電視製作人王偉忠正在拍一個叫「發現台灣天才」的節目，其中有一段就是拍我。某天節目製作團隊跟著我，一起進到精誠中學訪問過去曾經教過我的師長，問他們：「國中跟高中時候的九把刀，是一個什麼樣的孩子？」

這時，國中時曾教過我三年國文的周淑眞老師，對著鏡頭笑咪咪地拿出一本畢業紀念冊。我整個嚇到！

這本畢業紀念冊，並不是硬殼板的官方紀念冊，而是國中畢業前夕，我們全班每個人輪流寫幾頁話送給老師的「畢業留言筆記本」，內容不外乎自我期許、以及獻給老師的感恩與祝福等等。當年大家除了自己寫自己的以外，還很好奇其他人寫了什麼給老師，所以寫寫看看，進度緩慢，在大家的抽屜裡傳了很久才終於大功告成。多年之後周老師依然保存完好。

我看著周淑眞老師對著鏡頭，笑笑地念出當年還是一把小刀的柯景騰曾寫下的自我期許：「我要跟老師您說，我很快樂，而且，我叫柯景騰，我要妳知道，我將來一定會成功……我肯定會救助我所能幫助的每一個人，我會做一個善良的人……我將保有赤子之心，並非常快樂，因爲我知道我將實現我的理想。」

或多或少我覺得有點感動，但當時我的腦子裡想的卻是另一件事。

我想起來了。

想起了某一天下午，已是高中二年級的17歲柯景騰……

節目製作團隊的鏡頭一離開老師，我趕緊向老師借了那一本畢業留言筆記本，迅速翻到我寫的部分，果然看到我幾乎完全遺忘的那三張隨堂測驗紙。

那三張隨堂測驗紙，果然，依照約定，突兀地黏在筆記本上面。

一個塵封已久的記憶在我腦海深處翻湧了出來。

打從國一，牽起沈佳宜的手跳舞歡送畢業生時，我就偷偷喜歡著沈佳宜。

很喜歡，很喜歡。

沈佳宜唯一的興趣是努力用功讀書，爲了接近她，原本成績爆爛的我只好逼著自己努力用功讀書。日日夜夜都在算數學、念英文、背理化、寫測驗卷，只爲了讓沈佳宜看得起我，不要覺得我是笨蛋。成績也就慢慢地進步了。

升上了高中我們繼續同校，沈佳宜念社會組，我念自然組。牛牽到北京還是牛，狗改不了吃屎（國文老師：九把刀，這個時候用這種成語會不會太智障！），沈佳宜上了高中，她變態的興趣依然沒有改變，晚上只要沒有補習，沈佳宜都會一個人留在學校，一個人開一間教室讀書。

爲了保護她更爲了親近她，我也跟著留校讀書。

只不過我很假，爲了不讓沈佳宜發現我是爲了她而留校，我都另外開別的教室念書，但我會刻意很大聲朗讀英文，讓附近教室的沈佳宜知道我也留校了。

每晚讀到了九點十五分，沈佳宜都會拿著一盒歐斯麥夾心餅乾，慢慢走到我身後，用餅乾刺我的肩膀。這時我會假裝很驚訝地轉頭：「啊幹，妳也有留校啊？」十分假掰。

之後我們會一起吃餅乾一邊聊天，聊好多好多瑣碎的小事，聊我的兩個兄弟，聊她的三個姊妹，聊同學的八卦，聊沈佳宜的偶像證嚴法師，聊從《空中英語雜誌》跟《讀者文摘》珠璣集抄下來的英文成語，聊當今最熱門的數學題目……然後合作一起把它解出來。

九點五十分，我們收拾書包。

我牽著腳踏車，跟沈佳宜一起走過漆黑的校園，慢吞吞走到校門口，一起等沈佳宜的媽媽開車載她回家。

沈佳宜笑笑跟我說再見，上車關門。我若無其事在後面揮揮手，腳下卻暗自用力，心中祈禱巷口的紅綠燈快快轉紅，於是我就可以用最快的速度停在車子旁邊，對著車窗裡的沈佳宜嚷嚷：「喂！妳媽開很慢耶！」

我討厭寒假，痛恨暑假，假日我最大的樂趣就是到彰化文化中心圖書館門口排隊，七點門一開，我就擠在人潮裡衝進去，火速用一個書包佔我自己的位子，再光速扔一疊書佔對面的位子，然後開始祈禱沈佳宜今天也會來文化中心讀書。

常常，我會放一朵花在沈佳宜家門口。她開門一見到花，就會知道我來過。

不會五線譜甚至也不會看簡譜的我，哼哼唱唱寫了十幾首歌給沈佳宜。我一直希望總有一天她會聽到我的心意，卻又不敢讓她聽明白我藏在心裡的喜歡。

很多人從媒體上認識的九把刀，被描述得非常爆炸，好像青春期時的九把刀過得非常叛逆，沒空打教官，有空打校長，那樣的麻辣形象。

但事實上我的青春每一個畫面，都在努力用功讀書。都在背單字，都在算數學——都是，沈佳宜。

我眞的眞的，好喜歡沈佳宜。

有好長一段時間，我覺得這輩子只要可以跟沈佳宜在一起，我就天下無敵了，不管我之後考上哪一間大學、做哪一種工作，通通都沒關係，因爲我已經跟喜歡的女孩子在一起了，不僅無法抱怨，更是全面勝利。

如此喜歡沈佳宜的十七歲的我，有一天在家庭旅行時到了南投或草屯某一間寺廟拜拜，我在拜菩薩時求了一支籤，求籤時問的問題是：「我可以跟沈佳宜永遠在一起嗎？」

那一次，我抽到了一支下下籤。印象深刻：「不須作福不須求，用盡心機總未休，陽世不知陰世事，官法如爐不自由。」籤詩典出李世民地府遊記。地府？媽啦！

當時的我雖然就很臭屁了，但求這麼重要的事，得到如此回應，我整個很崩潰。一方面我很不服氣很度爛很火大，另一方面我也忍不住開始思考這一段愛情……

某天思考結束後，十七歲的柯景騰逕自走到老師辦公室，向周淑眞老師借回了那本畢業留言筆記本，然後新加了三頁隨堂測驗紙在裡面。

而這三頁新加的隨堂測驗紙，除了周老師以外，當然沒有別的同學看過。

其中一頁，一字不漏如下：

願妳永遠快樂，很多事情若以將來的心理來觀測今日事，便是如此美好。

諸事不如意處坦然而對，但求天天快樂。

天賜遇，巧相逢。

By柯小生，1994。

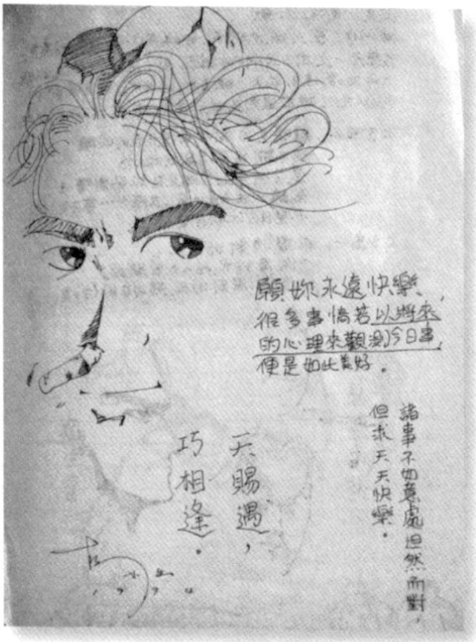

這一段曖昧不清的話，當然不是寫給周淑貞老師的。

卻也不是寫給沈佳宜的。

而是高中二年級那一個年僅十七歲的柯景騰，懷著奇異的心情，寫給將來某一天還有機會看到一頁紙的未來柯景騰的留言。

那一個十七歲的柯景騰真正想說的

是什麼呢？

不用猜，也不需要揣摩，我一看到這一段話，尤其是「天賜遇，巧相逢」這六個字，我全部都想起來了……

十七歲的柯景騰，心想，或許未來的柯景騰眞的追不到沈佳宜吧，他一定很傷心，一定很懊惱。但沒關係，未來的柯景騰如果看到這一段留言的話，他一定會想起來，想起來……那一個十七歲的柯景騰，那一個深愛著沈佳宜的柯景騰，非常幸福，非常快樂，十七歲的他，閃閃發光呢。

這一段留言，打算讓幾歲的柯景騰在什麼情況下重新看到呢？

十七歲的柯景騰當然不知道。

但我知道。

當未來的柯景騰累積了無數幸運與巧合之後，他就能夠再一次看到。

那是命運。

於是在三十二歲的柯景騰即將展開人生最大冒險前夕，遭遇最重大挫折之刻，他看到了來自十七歲柯景騰的留言。他想起來了。他什麼都想起來了。

他想起來了當年的自己有多麼的喜歡沈佳宜。

那一個深深喜歡著沈佳宜的柯景騰，眞正是所向無敵，比現在這一個整天嚷著人生就是不停的戰鬥的九把刀要勇敢多了。

「眞的是，輸給你了。」

看著那頁紙，我無法止住眼淚地一直笑。

我說，人生中所發生的每一件事都有它的意義，但現在發生在我身上的訊息未免也太超乎尋常了。

馬克吐溫說：「眞實人生往往要比小說還要離奇，因爲眞實人生不需要顧及可能性。」說的眞好，這種厲害的熱血梗竟然就這麼無時差地發生在我最軟弱的時候，比小說還要離奇，比虛構還要不可思議。

出於想重新回憶一遍的感動，我回彰化老家搬出兩大紙箱，裡頭滿滿裝著沈佳宜寫給我的信、上課傳的紙條、一起用過的教科書、在上面交換過解法與心得的數學考卷。我一封一封重新看過。

那些信可眞是無聊透頂啊，內容盡是芝麻蒜皮的小事，雖然很喜歡沈佳宜，但以前每次看信都只覺得沈佳宜是一個囉嗦又婆媽的女生，除了很瞎地鼓勵我努力用功讀書、跟勉勵我認眞追求人生的方向等等，完全沒重點。

讀著讀著，忽然之間我發現自己眞是一個超級大笨蛋。

雖然這兩箱信的內容都很無聊，但要不是沈佳宜很喜歡我，又怎麼會在那些年寫這麼多封信給我呢？又怎麼會一直跟我這個資質普通的傢伙一起合作解數學呢？

我關上紙箱。

我完全了解接下來該做什麼了。

這一次眞正毫無畏懼了，我想用最快樂的心情拍出「那些年，我們一起追的女孩」，這一次換我在電影裡面留下全新的訊息了。我想讓那一個藏在我靈魂裡的十七歲柯景騰見識一下，三十二歲的柯景騰不但沒有忘記彼此的約定，還有辦法拍出一個讓我們的青春閃閃發光的電影。

我們，都很開心呢。

就這樣，在長達三個月的正式籌備與拍攝期間，僅僅憑著柴姊與我的資金，我們並肩作戰將電影拍攝完畢。後來電影漂亮殺青，才又加入了新的投資者，帶來更強大的資源幫助我們後製與行銷。這眞是太棒了。

捨棄一切犠牲所有，以飛蛾撲火之姿換取夢想，不是我的熱血。

擁抱一切，以充滿自信與愛的姿態接近夢想，這才是我嚮往的器量。

在酷熱的夏天喊下第一聲「ACTION」後，至今我所有一切都用上了。

劇組夥伴愛恨交織的友情，對愛情的執著，對演員的付出與信任，不知道是否稱職的領導能力，那些年的青春回憶，當年我寫給沈佳宜的歌，第一次導演的青澀與無懼，在快拍不完的絕境依然亂開玩笑的執念，長達十個月破壞重建的編劇，解釋劇本的詮釋力，對場景的特殊喜好，找我最喜歡的插畫家幫忙設計衣服，找我最喜歡的設計師製作海報，我完全出於自私緣故的挑歌直覺，對電影配樂的理解與要求，拚命想像出來的特效串接，我對偶像的苦苦崇拜乃至開花結果，我對抗壞脾氣自己的努力，我累積十年的讀者支援臨演之外掛能力，我的愛……這是我的居爾一拳。

我將我所有一切才能都貢獻給這一部電影了──「那些年，我們一起追的女孩」。

終於我可以驕傲地說：「電影，我拍完了」。

電影在彰化拍，因爲故事發生在彰化。
電影在精誠中學拍，因爲故事發生在精誠中學。
我的電影不打折扣——
因爲我的青春不打折扣！

獵命師傳奇系列【卷十八】

獵命師傳奇

目錄

〈搶奪歷史的最後戰士〉之章〔上〕

第540話

腳印持續。

獨臂的男人逆著狂暴的風雪，在銀白的天地間孤獨地前進。

天地無盡，頂光污濁混沌。

這孤獨浪者的微小身影，幾乎要給這一片粗暴的混白給吞沒。

腳印又深又重。

男人固執地前行著，彷彿沒有任何事物可以阻擋得了他。

這個故事想話說重頭，卻已從時間上枯萎脫落。

……這是一個時間已完全沒有任何意義的世界。

「西元」早就喪失了。

不只是西元，任何計算時間的單位都在那一場浩劫中徹底毀滅了。

其毀滅的程度，完全扭曲了這個世界原本的正常運作。

某一個無法佐證的傳說曾言，許久許久以前，這個世界雖然偶有烽火與衝突，但大抵還是一個和平快樂的世界，以人類霸權為主導建立了一百多個國家，而血族也在黑暗中構築了屬於夜晚的國度，充滿了各式各樣的文化，充滿了……眞正燦爛的陽光。

然而，在不明的原因下，蟄伏在一個稱爲「日本」之國的血族終於打破均勢，以刺殺人類最大國家之總統爲始，向人類政府宣戰，開啓了兩族的軍事衝突。

這場戰爭來得莫名其妙，結束得也令人措手不及，戰爭很快就失控了。

人類因爲過度恐懼血族無法估計的力量，一口氣向日本的首都「東京」發射了一千枚威力強大的核子彈，這種程度的攻擊遠遠超越了「勝仗」的需求，而是眞正的瘋狂。

一千枚核子彈當然徹底毀滅了整個東京，其過於巨大的威力卻沒有撕裂東日本，也沒有想之當然地引發天崩地裂的大地震，也沒有催動出呑食天地的世紀末海嘯……

那一天，只不過全世界每一個人都不約而同抬起頭，仰看著天空的異象。

茲嗚茲嗚……茲嗚茲嗚……天際之上劃過無數道難以形容其美麗的強烈光束。

光束一道又一道劃劃著天空，將黑夜耀明，令白晝黯淡。

那些異常耀眼的光束自然是核爆的能量釋放，遠從東京上空散射向全世界。

緊接著，那些象徵毀滅的強光光束像是被什麼東西給吸引了，以更快百倍的速度往後飛縮，發出讓每一個人都用力摀住耳朵的「無聲巨響」。

但隨著耀眼光束的逆射，並沒有歸還了黑夜，也沒有重新返回了白日。

爆炸中核子能連鎖反應下的總能量太過猛烈，不僅將遭集中攻擊的東京空間給瞬間蒸發，還以東京爲中心炸出穿越時空的「微黑洞」，「微黑洞」強大的引力拗曲了時間軸線，撕扭了時間運作的邏輯，將全世界的時間大崩壞！

這種時間毀滅的後遺症眞是一言難盡。

微黑洞消失後，這個世界已不再是過去任何一個物理理論可以解釋的新世界。

舉例來說，僅僅是滄海一粟的舉例來說……

遠在數千年前的太古馬雅文明，被整個原封不動移動到了「現今的地球」。千年前中國的宋朝部分文明疆域被傳送到現在的中國南部。維京海賊的船隊出沒在大海上，與明朝鄭和率領的大船艦、西班牙女王的古軍艦狹路相逢。

可半個美國消失了，四分之一的澳洲也消失了，取而代之的是無法解釋的虛空磁場，任何人冒險進入皆無法返還的紀錄，是以也沒有人關心消失的國度究竟被強制送往了何處。

不單是太多的古今文明混雜在一起，還有人言之鑿鑿也有來自未來世界的國度被微黑洞吸進這個世界，只是未來的人類並非擁有高科技的救世主，反而都變成了恐怖的怪獸。

末日之時無人被救贖，是以所有宗教盡被世人遺棄，無數亂七八糟的新興宗教趁勢竄起，人們依照自己的渴望創建全新的神祇，依照亂世的需求孵育了各式各樣的宗教理論。

其中一位新興宗教領袖宣稱，這一場時間扭裂的浩劫，其實是冥冥中的地球意識，爲了自保不得不做出來的自動防禦——爲了避免核子爆炸直接毀滅了地球，於是將百分之九十九的爆炸威力衝擊向時間，以時間扭曲替代了空間粉碎。

這明顯是謬論。

而這個謬論，僅僅是幾百種解釋時間迸裂現象的其中一支派別而已。

東京大核爆後，舊有的國家疆界在恐怖的盲目殺戮中盡數崩壞，不出幾年，無數奇奇怪怪的國家取而代之。再過幾年，就沒有人在意到底又「過了幾年」……

擁有剩餘武器的「舊人類」以最原始的暴力保護自己的疆域，想辦法在這個混亂的世界裡制定新的遊戲規則。奇怪的法律充斥，民主已非人人嚮往的普世價值，金錢與黃金珠寶不再是可靠的交易單位，而是純粹的能源、讓人忘記現實的新毒品……以及熱騰騰的新鮮血液。

是的，是血液。

殘存的吸血鬼團結合作，在永夜的異磁場中建立了眞正的血族國家，有的血族部落甚至庇護了不知所歸的流浪人類，交換以無限供應的健康血液。

諷刺的是，對日漸稀少的舊人類而言，擁有超長生命力的血族還兼具了歷史傳承者的身分，在大多數的舊人類死於核爆與艱厄環境之後，曾經目睹這一場大異變的血族卻有更多活了下來，許多較爲可信的核爆前歷史都是由老血族「眼見爲憑」所述。

大抵而言，食物鏈的直接影響力還是超越了同盟的歷史因果，舊人類與血族之間依舊擠壓了衝突與對立，卻再也沒有毀滅對方的衝動，與實力。

因爲現在的世界，有一個超級勢力凌駕在兩大舊種族之上。

——第三種人類。

亦即，擁有灰皮膚、灰眼珠、灰色血液的「完美人類」。

第三種人類已經是世界上各大主要「時間區」中所佔比例最高的人類，他們是最強勢的物種，擁有最完整的軍事力與宰制權。

話說第三種人類的前身組織「Z組織」在東京大核爆後以絕快的速度成立了聯合新政府，爲了防禦血族的病毒攻擊，新政府在各地強制執行了基因轉殖技術，「造福」人類……

第541話

時間已成爲歷史。

對這個獨臂男人來說，暫時唯一值得當作計算單位的，就只有臉上的風霜吧。

究竟過了多久了呢？

他的頭髮飛散花白。

他的臉上滿布濃密的皺紋。

他的肩窄了，背斜了，腳步慢了。

唯一沒有改變的，是眼神。

他那猛虎般的雙眼，無時無刻都充滿了濃烈的戰鬥意志。

而他前進的地方，正是受到新人類勢力嚴密保護的「第七時間區」。

在強力突破了許多「時間塔」之後，理所當然地，第七時間區的福音軍早已準備好「巨大的危險」迎接獨臂男子的到來。

只是，即使奪下了想取得的東西，這裡也不會是獨臂男子漫長旅行的最終點。

□

「哥哥……你看我是不是變得，有一點點強了？」

爲男子擋下狂暴攻擊的弟弟，慢慢地轉頭，朝後對著他笑。

「快給我起來！不然我就要……」

男子憤怒大吼：「殺死你啊！」

□

風暴逆行中，獨臂男子握緊了唯一的拳。

不是又想起了不該回憶的往事。

而是每分每秒都烙印在他腦中的畫面，又變得更鮮明而已。

風呼嘯著。

這個冰天雪地的鬼地方在被稱爲「第七時間區」之前，有另一個至今已鮮爲人知的名字，叫「夏威夷」，當這個地方被稱爲夏威夷的幾千年中都是四季如夏，而現在卻被「微黑洞」移植了從來不曾發生過的超級嚴寒。

這裡曾駐防著美國海軍艦隊，即使派遣了一半以上的兵力支援「東京大決戰」，基地仍保有強大的軍事力，在大核爆發生後，有很長一段時間都是舊人類固若金湯的時間區。

可當然了，再怎麼強悍的舊人類基地，都不可能是第三種人類部隊的敵手，某一天還是被惡名昭彰的「福音軍」給打了下來。

城破，並沒有什麼血腥大屠殺，而是詭異的例行公事：在泛黃的世界公民疫苗法下，第三種人類強制所有投降的軍民接受基因轉殖手術，進化成更適合這個爛世界的人類型態……

終於看到了。

矗立在這一片冰天雪地的，是宛如巨型堡壘的的時間塔。

——時間塔，囚禁時間的監獄。

既然號稱監獄，就有防止時間脫逃、以及嚴防有人為奪時間而劫獄的機制。

上百座架設了槍砲的監視高台環繞著時間塔，外面是一圈又一圈掛滿銀刺的巨型圍牆，其厚實的程度就連巡弋飛彈也無法在百枚以內打穿。前例可循，這裡少說還有三千名福音軍駐防於此，只是不曉得負責的「大將」是何方神聖而已。

「打算怎麼進行？」

一隻連「老態龍鍾」都不足以形容的脫毛老貓，從獨臂男子的懷裡探出頭來。

「老樣子。」

獨臂男子神色淡漠地說：「敲敲門，然後就直接走進去吧。」

語畢，獨臂男子的腳下竄出一道火焰。

完全無視嚴寒，火焰直衝似豹，嘶吼著劃開銀白雪地，越衝越快，越快越大。

等到火焰衝抵巨型圍牆的時候，這勢已是鋪天蓋地的熊熊大火！

轟隆！

巨型圍牆一震。

門是敲了。

現在就等主人開門迎客了。

起先是咚咚。

接下來是轟轟。

這不是雪崩。

……雪崩的話還好應付得多。

上百頭灰濛濛的巨型猛獸從圍牆底下的洞穴衝出，以泰山之勢壓了過來。

這是最新型態的特異種「灰獸」。

一頭灰獸能輕而易舉殲滅一支舊人類游擊隊。

三頭灰獸就可以衝鋒踏破一支坦克裝甲旅。

至於一百頭灰獸？

恐怕可以在一天之內毀滅掉一個國家！

第542話

「一直都這麼亂來的話，我所剩不多的咒力很難掩護你啊。」

老貓瞇起眼睛，從獨臂男子的懷中跳了出來。

「誰要你掩護了，臭貓。」

獨臂男子豎起耳朵，高舉失去手腕的那一隻斷手。

斷手之上，聚斂起充滿無數災厄與不幸的黑暗能量，瞬間激化成一隻超級巨大的手掌。

不，與其說是手掌，那種張牙舞爪的形態不如說是爪子……惡魔的爪子。

灰獸軍團以奔雷之勢壓近。

牠們都是真正的怪物，沒有裝模作樣發出震耳欲聾的無謂咆哮，只是單純地用所有力量奔向敵人。而光是這樣，那氣勢便足以壓垮一支敵國的軍隊。

「……」毛色嚴重脫落的老貓靜靜地看著。

這種百頭灰獸齊上的大場面，的確比前一陣子遭遇到的險境還要厲害許多，只不過，還不到使出絕招的時候。

沉靜的老貓在雪地上甩起白色尾巴。

甩著甩著，一道雄渾至極的白色光芒，忽地自尾巴尖上凶猛衝出！

白光直逼烈日，一甩出去，登時將衝在最前頭的灰獸整排掃倒。

「我說——你也太客氣了！」

獨臂男子大喝，猛力揮下蓄滿恐怖能量的惡魔之爪。

颯——轟隆！

巨爪重重拍擊大地，強大的怪力不僅崩裂了這一片堅硬的凍土，更將好幾隻自以為承受得住巨爪威力的灰獸給轟陷至地底下。

狂奔在後頭的灰獸沒有一頭讓前排殞命的灰獸給撞倒，精密地閃過爆炸的餘焰且勇猛地竄上，要趁獨臂男子再度蓄滿惡魔之爪的能量前把他幹掉！

距離零！

凶險至極的肉搏戰開始！

「雷神咒……」老貓不疾不徐地揮動尾巴：「雷轟！」

一道金黃雷電從尾巴甩出，以無法閃躲的速度擊中逼近的三頭灰獸。

灰獸體質之強當然不會被這僅僅一招給殺死，卻被侵入中樞系統的電流給中斷意識。這短短的空白便足夠讓獨臂男子接上下一招。

「火炎──」

獨臂男子的左手按在其中一頭呆滯灰獸的額上，大喝：「咒！」

全世界最強大的火炎咒直接灌入灰獸全身最脆弱的地方，其暴烈其霸道無可商量，灰獸無聲慘叫，污濁的灰血沸騰，火焰從七竅噴了出來。

老貓與獨臂男子聯手，一下子就在凶險的近身戰中幹掉一頭灰獸。

但還有幾十頭灰獸朝這一人一貓衝了上去！

「火拳！」

獨臂男子一拳與灰獸揮過來的一拳互擊，拳頭碰拳頭，灰獸整個往後一挫。

「雷戟！」

老貓溜滴滴地穿梭在灰獸陣中，以變幻末測的雷神咒將其牽制、逐一撂倒。

這區區的一人一貓，正與足以毀滅一國之力的灰獸部隊鏖戰。

灰獸連擊的速度越來越快，獨臂男子的身上挨了很多拳爪，頃刻就遍體鱗傷。

爲了不被逮到，老貓施放的雷神咒越來越無差別地暴射，無法精密地鎖定。

「大火炎咒！」獨臂男子一掌轟出，大叫：「臭貓，撐不住就躲進異空間！」

熊熊火焰在灰獸皮甲上爆開。

「什麼時候輪得到你說這種話？」老貓翻白眼，雷電刺出：「雷劍！」

雷劍刺進灰獸堅硬的肩胛。

這群灰獸完全不給老貓與獨臂男子整蓄絕招的時間，這場架誰贏誰輸就無法說得準，最終就要看是老貓與獨臂男子的聯手默契厲害，還是這群灰獸狂暴的攻擊力佔上風。

正當惡鬥白熱化的時候，遠方的天空上，出現了一艘廢棄多年的航空母艦。

等等……

航空母艦！

第543話

這艘貨眞價實巨大的航空母艦，怎麼會出現在天空上呢？

不，該說是，航母怎麼有可能出現在距離地表一公分以上的空間呢？

不僅出現在天空，外型破損陳舊的航空母艦還以奇怪的速度朝惡鬥的上空移動飛行，在風雪中颳出極爲沉悶的嗚咽聲，令人寒毛直豎。

凌空飛行的航空母艦越來越接近這裡的時候，在地面製造出巨大的陰影。

而這個籠罩之上的陰影也越來越接近地面！

這巨大的「不合理存在」，竟然在墜落！

「嘖！」獨臂男子皺眉，一記凶暴的火拳將眼前的灰獸揍飛。

「呵呵。」老貓莞爾哼起幻貓咒，躍上獨臂男子的肩頭。

白光乍現，一人一貓暫時消失在高速墜落的航空母艦底下，遁入異空間。

巨碩的廢棄航空母艦整個砸落。

豈止雪崩，簡直山裂！

這種誇張的大暴襲，將滿坑滿谷的灰獸砸了個稀巴爛！

地震稍止，白光默默回吐。

獨臂男子與老貓再度出現時，航空母艦的殘骸已與滿山崩裂的雪塊混在一塊。

遠方的山頭兀自迴盪著恐怖的巨響，持續引發遠遠近近的雪崩。

有三個東方人體型的身影慢慢朝這裡走了過來，都是女子。

人還沒到，笑聲先來。

「烏哥哥！就跟你說別丟下我們嘛！」

一個看起來約四十幾歲的中年女子笑嘻嘻地走在殘骸之上，雙手扠腰。

「是啊！我們很有用的耶！」

另一個說話的女人看起來年紀稍輕，卻也在四十之上，表情一樣得意洋洋。

這兩個笑聲不斷的女人，容貌神似，幾乎可說是姊妹無疑。而這笑聲三八的兩姊妹，顯然是航空母艦從高空墜落的「罪魁禍首」。

而第三個女人則年輕得多，約三十初歲的模樣，她一身黑色皮衣勁裝，神色冷漠，看都沒看獨臂男子一眼。這年輕女子擁有一雙白色的瞳眼，眉宇之間透著一股英氣。

「你看你看，我們只用了一招，就把這些灰獸都幹掉了耶！」姊姊模樣的女人誇張地大笑：「是不是很厲害！是不是好棒！」

「快快快！快點誇獎我們嘛！」妹妹模樣的女人竟發出哀求的撒嬌語氣：「如果沒有我們，你跟大長老不曉得還要和灰獸打多久，說不定恍神一下……還會不小心打輸喔！」

被解圍是事實，可獨臂男子沒好氣地瞪了她們一眼。

老貓則打了一個無可奈何的長輩級呵欠。

第544話

這兩個姊妹，可是非常幸運的、碩果僅存的極少數獵命師。

當一千枚核彈刺進東京心臟的那一天，聚集在日本戰鬥的超菁英獵命師幾乎都被核子波蒸發，只有當時還在中國來不及參戰的少數獵命師僥倖活了下來。

而這一對到了四十多歲還活蹦亂跳的姊妹，正是在核爆日時還在南京結伴戲耍，意外逃過了死劫。

她們的幸運，也成了她們肩上的責任。在微黑洞扭曲這個世界的時間軸後，這兩個姊妹就成了協助舊人類與血族，與第三種人類新政權對抗的重要戰力。

日復一日，年又一年。

她們的怪力咒隨著實戰更加精進，最後就連航空母艦如此龐然大物也變成了手中玩物，福音軍聞風喪膽。

在這一場漫長歲月的戰鬥旅程中，這兩姊妹也不約而同愛上了這個孤傲的獨臂男子……這一個在東京大核爆瞬間，被那一隻老貓幻貓咒強制吸進異空間躲過死亡命運的，史上最強的獵命師。

不論獨臂男子與老貓跑到哪個時間區，兩姊妹就追到哪個時間區。

他越是想一個人旅行，兩姊妹就越是巴巴地想跟。

他覺得自己一個人戰鬥比較自在，兩姊妹就喜孜孜想出手幫他。

追追打打，這天眞無邪的兩姊妹或許是爲了自己開心。

更或許，是眞的好喜歡看到獨臂男子那副愛理不理的酷樣吧！

「別想得太輕鬆，這些灰獸什麼時候這麼好打發了？」

那一個黑皮衣勁裝的白瞳女子看著這片壯觀的航母殘骸，微皺眉。

老貓也瞇起了眼睛……唉，眞是老了，感到不對勁的速度竟遲鈍了。

果然，腳下的雪地波波震動。

不曉得幾十頭灰獸憤怒地爬出了被航母殘骸壓住的岩塊，身負重傷的牠們發出比剛剛更恐怖的氣勢，朝眾人發狂奔來。

「凡所見……」

白瞳女子淡淡地凝視這些逼近的灰獸，說道：「皆可殺。」

滿天噴落的「巨大鐵球」無預警砸進了灰獸的意識中，瞬間將十幾頭灰獸給轟得粉身碎骨！

「V大還是一樣酷斃了！」

姊姊千鈞一髮躲過灰獸來襲的爪子，同時一手抓住灰獸的下頷，以超猛的咒術力道將這頭大吃一驚的灰獸扔向天際。

「加油喔V大！我們掩護妳！」

同樣是怪力咒天才的妹妹笑嘻嘻隨手抓起一片超巨大的航母殘片，像擲飛盤般射了出去，一口氣砍倒兩頭來不及躲開的灰獸，灰血爆開。

白瞳女子在姊妹的強力護衛下，不斷在灰獸的腦意識中製造出威力強大的鐵球，從許多不同的方向橫衝直撞，砸得灰獸眼冒金星。

「……哼。」獨臂男子根本不理睬她們，一掌又一掌按著灰獸的天靈蓋，將灼熱的火炎咒塞進這些怪物的腦袋裡，招招迅速霸道。

「小朋友自己小心啊，老傢伙要放電了。」

老貓偷得片刻歇息，已積蓄了一大股強大的電氣，此時正是開弓之瞬。

兩姊妹、白瞳女子，就連獨臂男子都警戒地往上一躍。

「雷漩渦！」

老貓孱小的身體一片烈日狂白，爆出深海漩渦般的大雷電。

每一道雷電都擊中了所有來不及閃開的灰獸，這些所向無敵的怪獸瞬間停格，四肢百駭都冒出了耀眼的金光。

雷漩渦持續釋放強大的咒術能量，不斷遭雷擊的灰獸咬著牙硬撐。

如果是在東京大核爆以前，這隻老貓的雷漩渦一使出，這些自以爲是的灰獸絕對立刻給電成火炭，可在進入異空間前承受過瞬間核威力的老貓身子骨大不如前，雷漩渦的威力也跟著減半……

到底是已削弱的雷神咒威力強些呢，還是這些灰獸的皮骨硬些呢？

正當白瞳女子要將一百顆從天而降的巨大鐵球塞進灰獸的腦意識時……

「通通去死吧！」

獨臂男子也不耐煩等到答案，半空中他舉起剛剛成形的惡魔之爪，暴壓而落。

再怎麼蠻橫，灰獸當然無法承受這世上最可怕的雙連擊，在充滿暗黑能量的惡魔之爪一拍下，灰色的骨血、滿地的航母殘骸、連同最後來不及發出的哀號慘叫聲，一併給拍入了地底。

大地留下巨大的焦黑爪印，兀自冒著焦煙……那是惡魔蹂躪的印記。

第545話

眼前的戰鬥告一段落。

兩姊妹第一件事當然是唱起古怪音調，將珍貴的小靈貓從異空間召回。

「雖然很老了，但大長老還是一樣超厲害耶！」妹妹猛拍手。

「不過最後來是靠烏哥哥才有辦法贏啦！」姊姊對獨臂男子豎起大拇指。

「對啊對啊！烏哥哥最厲害了！」妹妹笑著附和：「我們好喜歡看烏哥哥大顯神威喔！」

白瞳女子不以爲然地看著這兩姊妹，心想，怎麼風風雨雨過了這麼久歲月，這兩姊妹的言談舉止還是一樣沒藥救的白痴啊？

獨臂男子一如往常不理睬這嘰嘰喳喳的兩姊妹，只是看著巨大的時間塔。不曉得是陷入了悲傷的回憶，還是平靜地等待來自時間塔防禦區、敵人新一波的攻勢。

雪風暴兀自吹打著獨臂男子的臉頰。

灰獸軍團之後，又會是什麼呢？

「別發呆了臭小子，待會兒攻下了這裡，還有最後一個時間區得闖呢。」

老貓邁開腳步……還不知道這一趟是生是死，提前多愁善感實在很多餘。

「嘻嘻，大長老等一下！」

妹妹得意地從自己的小靈貓身上，謹慎緩慢地取出一個發出異色的命格。

那命格能量包覆的形式，那種奇特的流動異光，絕對是……

不僅老貓，就連酷酷的獨臂男子也是臉色一變。

「這是我們提前從下一個時間區裡搶來的喔！很厲害吧！」姊姊非常期待地看著獨臂男子的眼睛，萬般撒嬌地說：「是專門給烏哥哥的大驚喜耶！」

「眞的喔，我們可是打得好辛苦才搶到的耶，姊姊還差一點死了，眞的是拚死也想幫烏哥哥的忙喔！」妹妹一邊說，一邊將奇特的「時間型命格」放進老貓瘦小的身軀裡，與老貓身上其他搶奪過來的時間型命格儲存在一塊。

老貓閉上眼睛，專注地用咒語將命格封鎖起來。

「誇獎我們嘛！」

「拜託拜託！誇獎一下我們嘛！」

「那次眞的超危險的！要不是我們都是天才，一下下就死翹翹了！」

「我們眞的很辛苦耶！」

「沒有辦法一邊看著烏哥哥一邊戰鬥，眞的好孤單喔！」

「好孤單喔！」

兩姊妹一搭一唱，三八是很三八，但無可否認她們提前攻破下一個時間塔，是多麼緊張危險的過程。這絕對不只是想被誇獎而已，而是眞心眞意地想幫助獨臂男子完成他的心願……

老貓瞪了獨臂男子一眼，意思不言而喻。

「……做得很好。」獨臂男子非常勉強地說出這四個字。

太不可思議了，終於得到夢寐以求的稱讚了！

兩姊妹尖叫歡呼，彷彿全宇宙所有的好事都發生在這一刻似地。

正當她們想趁機抱住獨臂男子歡呼慶祝時，魔王的呼吸聲已降臨在眾人身上。

不勞惡魔之爪動手撕裂，前方的城牆自行打開。

帶著一千股被複製的「千軍萬馬」氣勢，一千名福音軍團的菁英戰士慢慢地從門縫中走了過來，那凌厲至極的氣勢登時將大風雪壓了下來，天地俱寂。

領頭的，正是這段無法計算的混亂歲月中，與獨臂男子交手過無數次的惡魔。

相隔甚遠，但惡魔的聲音還是清晰地傳到眾人耳中。

「爲了好好再玩一次，或許我該讓你拿到你想拿的東西，不過……一想到那東西是你從我手上硬搶過去的，我就難以忍受呢。」

說著，那惡魔露出燦爛的笑容。

「在我衝動之前，我們再認眞玩一次吧，烏霆殲。」

——未完

謊神

命格：情緒格

存活：一百五十年

徵兆：不管大謊小謊、有必要的謊、沒必要的謊，總之就是不斷說謊，即使在很明顯一定會被拆穿的情況下依然故我地說謊，即使是完全不會因說謊得到任何好處的情況下還是死命地說謊。

特質：將謊言牢牢黏在宿主的舌頭上，吸食宿者說謊時那種「無賴我最大」的快感而茁壯。

進化：一謊千里、大地傳說

〈續・東京大死戰〉之章

第546話

「我要殺了你！」

血族的最後大魔王一聲怒吼，十二道黑影劇烈一震。

黃金十二宮戰士，的的確確是凱因斯獻給義經的「見面禮」。

但這一頓見面禮可不好收！

正當全身暴漲起業力之火的義經衝出之際，十二名經過強力改造的「第三種人類」戰士迅速以練習上千次的陣形飛擊起來。

眼花撩亂。

破壞神的威力如同無形的巨掌，將藏在戰士體內的十二個命格一鼓作氣擰碎，但這十二個戰士憑藉的可不只是命格賦予的機巧而已，他們可是凱因斯精挑細選出來的祭品。

絕佳的祭品！

「死吧！」金牛座戰士一斧劃過業火，用力砍在義經削瘦的肩上。

「中！」一邊後飛，天秤座戰士兩手的機關砲一邊轟向義經胸口。

魔王義經肩一沉，胸口一縮，手中長柄武士刀斜橫劈出。

業火噴捲，黑暗彷彿有了恐怖的形體——轟隆！

可這積聚數百年憤怒的一擊卻撲了空！

業火將地面燒出一個大洞，但黃金十二宮戰士卻瞬間移行換位，避開了猛擊。

「有機可趁！」雙魚座戰士手中飛刀掠出。

「好！」天蠍座戰士的長刀從正面突破，砍下。

「好！」巨蟹座戰士赤手空拳來到義經的背後，一拳轟出。

魔王義經連環受敵，身上迅速累積下許多足以致命的傷。

強敵飛繞，致命的陣形無時無刻都在變動。

這一下是左邊刀來，忽地又是從正面襲來的鐵槍佯攻，下一瞬間震撼彈直接砸向臉，魔王義經手中的長柄武士刀左支右絀，不斷撩起無敵的業火衝開敵陣。

「瞧這！」摩羯座戰士擲出銀色炸藥，致命的銀霧遮蔽出一道漂亮的掩護。

「殺！」射手座戰士的長刀趁此刺入魔王義經的肩胛。

魔王義經面無表情地揮刀，業火暴漲射出，卻射向瞬間無人之地。

「哈！」處女座戰士飛掠在頂，短砲擊中魔王義經的後腦勺。

一百秒過去了。

與凱因斯預料中的不一樣，十二名絕頂超強的第三種人類戰士一個都沒有倒下，反而是魔王義經的身上無處不傷，創口冒著蒸騰的血煙。

若非魔王義經周身不斷冒出所向披靡的業火，令十二戰士無法傾全力恣意衝殺，他的首級老早就從脖子上摔下來了。

即便如此，十二戰士的攻擊綿綿不絕，似乎找到業火噴漲席捲的模式也是遲早的事——一旦魔王義經露出愚蠢的破綻，他們一定不會錯過。

魔王義經揮出的刀被天蠍座戰士與射手座戰士的刀聯合擋住，業火噴出之際，這兩個戰士忽又急速後閃，牡羊座戰士猛烈的一腳踢中魔王義經的膝蓋。

「喝！」雙子座戰士的鐵槍趁此將魔王義經的下頷削落一片。

「倒下！」獅子座戰士將銀質繩索抽擊在魔王義經的心口，發出一聲爆響。

當然不會就此倒下，魔王義經舉起長刀爆氣一砍，這種在破壞神加持之下、壓迫感十足的刀氣足以斬殺海妖，此時偏偏只砍中一片虛無。

很遺憾，久未戰鬥的魔王義經再不恢復從前的臨場實力與瞬間判斷力，光靠一身驕傲的霸氣可是無法活著離開翦龍穴……

到時候誰是祭品還難說得很。

「……唔？」凱因斯在遠方的螢幕前皺起眉頭，眼神中有一點煩躁。

難道是黃金十二宮戰士眞的太強了？

還是這個經由超級電腦計算出來的聯攻聯防的陣形，果眞太完美？

該不會魔王義經並沒有自己想像中的強大？

「嘿嘿……」

魔王義經滿臉是血地獰笑著，遲遲無法突破的他竟是這種表情。

這頭大怪物，窩在地底下的數百年可不是窮極無聊地沉睡而已。

除了原本就很恐怖的業火外，魔王義經還練就出一身驚異的復元力，他一邊壓抑怒氣招架刺客，一邊在呼吸間以不可思議的速度令身上的傷回復如初。

一邊，觀察著這變幻莫測的陣形。

一百秒又過去了。

魔王義經周身不斷噴漲的業火慢慢地收斂。

胯下的業火戰馬消失了。

空氣裡的業火氣味消失了。

最後只剩下刀刃上淡淡的一點餘火。

黃金十二宮戰士卻沒有趁此突進，反而因為情勢變得太優勢而警覺起來。

一語不發的魔王義經踩在滿地的骷髏頭上，一刀，將瀑了七百年的長髮砍斷。

他瞧清楚了。

對一個正要衝破地面的最後大魔王來說，這不斷挨打的兩百秒真是絕難忍受的、變態壓抑的、無法理解的兩百秒。

但他終究還是瞧清楚了。

這一個經過超級電腦演算過後的陣形，看在百戰百勝的戰神眼中也是銅牆鐵壁。

完美，完美到絕對無法挑出一點點的破綻強行突破。

這十二名戰士的強達到了一種巔峰狀態的平衡，不管是武器的差異性還是身體素質的互補性，他們個人的單一戰鬥力在此一陣形底下可以發揮到百倍，而這一陣形絕對不拘泥於「同一種構成」，在每一個眨眼中都重新演變成新的狀態。

能夠達到這樣的境界，若非機器，就是這十二個戰士已經在無數次的模擬練習中共同塑造出一股強大的集體意識。在實戰中，終於來到了……一個人，同時擁有二十四隻眼睛的超境界。

如果魔王義經想藉著強力突殺一個點，亦即猛力殺掉一個戰士來讓整個陣形陷入混亂的話，根本不可能，除非他可以承受得住其他十一個戰士在他突圍的那一瞬間，各自用全力重擊在他身上的那十一道石破天驚的力量。

「很好的陣形，完美。」

魔王義經冷冷地說：「無懈可擊。」

來自魔王由衷的誇獎，不知爲何，反令這十二名戰士的心底湧起一股寒意。

「綿綿不絕，生生不息，無窮繁衍……不可能逐一擊破。」

魔王義經注視著長刀刀身上的黑色火芒。

那道業火不安地燎動著，最後在刀尖上縮斂成一滴黑色寒芒。

第547話

千里之外，凱因斯深深吸了一口氣。
咫尺之內，十二個以星座爲名的戰士不約而同後退了一大步。

又過了一百秒。
魔王義經一動不動。
黃金十二宮戰士跟著無法動彈。
拒絕流動的一百秒。

這一頓悶到極點的狂打，終於令破壞神完全甦醒。
流動在戰神體內的妖狐之血也沸騰了。

正當魔王義經再一次扛起武士長刀的時候，蓊龍穴深處只剩下一種不存在於人間的顏色——地獄色的黑暗業火從魔王義經的七竅奔騰竄出。

微型攝影機送進凱因斯眼底的最後畫面，就只剩下了一團難以辨認的漆黑。

「那我就一刀全殺！」

魔王義經說完這一句的時候，他手中的長刀已在十二名星座戰士間劃了一圈。

這一刀，充其量只能說毫無拖沓。

妙，這一刀沒有牙丸傷心的刀妙。

快，這一刀沒有宮本武藏的刀快。

這是霸。

這是源義經充滿魔王之霸的一刀。

十二名星座戰士全都防禦了這一擊，卻也全都沒有防禦到這一擊。

因爲這是在瞬間一打一的世界裡，絕對無敵的絕對一擊。

「難以……」牡羊座戰士用盡力氣站直身體。

「……置信……」獅子座戰士忍住發抖的衝動。

十二名星座戰士的身體與兵器，共享著一道傾斜身體的傷口。傷口裡滲出的濃烈業火，從裡至外，狼吞虎嚥著這十二個可敬的祭品。一眨眼，灰飛煙滅。

藉著這十二名祭品的頑強奉獻，魔王義經完全回來了。

一吆喝，腳下的業火戰馬重新湧生，肩起了牠千秋萬世的主人。

「……」魔王義經仰看著翦龍穴，腿上生力：「走！」

業火戰馬登時載著魔王義經往前衝出，踩上了翦龍穴垂直的岩壁，就這麼硬是暴起直上，如一道自地心引力反彈的強力火焰。

這一趟短短的、自穴底衝向穴口的旅程，魔王義經足足等了七百年。

他一邊看著越來越近的穴口，心中越來越澎湃。

人類來了。

莫可名狀的未知強敵也來了。

終於，那操縱宇宙宿命的獵命師還是來了。

明明沉睡才是對主人最好的盡忠。

但戰士畢竟是戰士。

一旦流過沸騰的血，就不可能甘於寂寞。

或許綿綿無期的自我封印中，自己眞正期待的，還是重披戰甲的這一刻吧……

歸元

命格：修煉格

存活：三百年

徵兆：百般疲困之際忽然精神抖擻，才剛剛打完手槍卻又立刻硬起來，跑完馬拉松快倒下來的時候卻忽然像是剛睡醒似地精力充沛，簡直就是莫名其妙！

特質：命格會自動捕食宿主周遭天地萬物的微能量，然後在宿主虛弱之際，一口氣將儲存的能量灌回宿主體內，令宿主回復到百分之百的體力狀態。不管宿主一開始的能量有多大，歸元都能完成補充能量的使命。

進化：有少數獵命師篤信，若不斷修煉歸元，將有機會令歸元進化成天命格的「回天」。

第548話

翦龍穴已在腳底下。

告別了沉睡之地，魔王義經第一眼看到的，是不久前才被他利牙狠狠吻過的莉卡。

剛剛一直在翦龍穴上頭關切戰局的莉卡，在一分鐘前以戰士的敏銳度感覺到了勝負。

此時此刻的她充滿了絕望。

究竟過了多少年呢？

用強酸與火焰親手毀了自己姣好的面容。

變身成自己最痛恨的吸血鬼。

加入德國血族黑幫幹了好幾年卑鄙齷齪的任務，甚至殺了好幾個獵人同行。

在歐洲逃亡遊盪後輾轉進了日本烏取幫，持續不見天日的勾當。

最後終於在Z組織的暗助下搶進了東京十一豺的行列，探查到了徐福的藏身處。

這些年所有一切的努力，無不就是希望將十二星座戰士送進神祕的翦龍穴。

她辦到了。

不管遇到了多少困難，無論遭遇到多危險的僵局，她終於全部都辦到了。

然而這十二個強中之強的星座戰士，並沒有依照約定將「魔王徐福」綁架出來，取走珍貴的始祖級牙管毒素。Z組織徹底「失敗」了。

腰帶裡還有一管「隱藏性角色」藥水，但那又如何？

她甚至失去了撤退的勇氣。

這一個揚棄自尊、臥底多年的女戰士，只剩下了最後一擊的氣力。

空氣中嗚咽著悲涼的氣息。

莉卡看著魔威凜凜的義經，手裡甩著她已沒有理由隱藏的鋼鏈刃球。

眼前這個年輕人……就是徐福……嗎？

雖然自己沒有見過徐福，但直覺告訴她不是。

所以「終極的希望」打一開始就根本不存在嗎？

罷了……有太多的謎團是自己無法理解的吧……

嗡嗡。

嗡嗡。

嗡嗡。

魔王義經高高跨坐馬背上，睥睨著這個不知爲何拿著武器對著他的新十一豺。

但他迅速接受了。

沒有理由，根本不需要，他迅速接受了這一場莫名其妙的對決，只因爲義經感覺到了來自對方的、要求平等對決的戰士心意。

這份心意之濃烈，恨意之強，絕望之深，令魔王義經情不自禁地嘆了一口氣。

他下了馬。

平等地，不以魔王，而是以戰士源義經的身分站在莉卡面前。

兩人間有十步的距離。

停步，高舉著刀，義經全神貫注地凝視他的挑戰者。

莉卡的眼神，隨著鏈球的擺動，歸於冷然淡漠。

嗡嗡。
嗡嗡。
嗡嗡。

時間在極度規律的嗡嗡聲中，悄悄地被歸於流動無感的世界。

或許，這是唯一可以瞬間超越強弱分際的一招吧。

滴。

原本已進入了「鬼禪」境界的莉卡，眼淚卻意外湧出了臉頰。

不自覺地，她將無窮無盡的寂寞悔恨注入了手中的鋼鏈刃球，使完美的鬼禪境界出現了致命的裂痕，令「時間」重新流動起來。

但就在同一時刻，她的悲傷觸動了同樣飽嘗寂寞的義經。

當義經的心思被撩撥的那一瞬，莉卡發現自己正站在「兩人之間」。

莉卡默默地看著另一個「站在原處的自己」手中的鋼鏈刃球照樣突破了懸殊強弱的界線，無聲無息地來到了義經的鼻尖——穿透了義經的思想。

「置身事外」的莉卡看著自己與義經的最後對決。

她看見了鋼鏈刃球擊碎了義經的五官。

也看見了自己的首級從頸上輕飄飄被義經的長刀斬落。

義經沒有倒下，只是反手將長刀立釘貫地，撐住自己的身體。

染血的刃球墜地。

莉卡的首級墜地。

義經毀壞的面孔燃燒起來，在濃烈的業火中進行驚人的自癒。

這是靈魂出竅嗎？

還是高手對決之隙，自己有了必死覺悟，因而激發出的最後境界？

不重要了。

莉卡感受到自己的意識越來越稀薄。

在失去語言之際，她想起了那一個寒冷的國度。

「在安全第一的範圍內，來場比賽吧？」

薩克放下狙擊槍，抽出塗上銀料的蘇聯軍刀。

「去你的安全第一。」

莉蒂雅往後一拍，沉重的金屬箱子機關打開，掉落出一道璀璨的圓形銀光。

鏈球。

「賭什麼？」薩克猛催油門。

「贏的人，今晚在上面。」莉蒂雅將鏈球的鋼鏈纏綁在手上。

□

「去哪？有決定了嗎？」

薩克看著壓在上面的莉蒂雅，想像著飛機升空的畫面。

「去哪都好，就是不會去日本。」

莉蒂雅想都不想，將頭髮放下。

□

「天啊！你怎麼會在這裡！」莉蒂雅在行李上，練習驚喜的語氣。

但實在不像。太不自然了。

「喂，你這傢伙在搞什麼？」莉蒂雅擺酷地說，但自己立刻否決了。

這樣的態度雖然很像平常的自己，卻實在對不起那男人僅有一次的驚喜。

「該怎麼辦呢？」莉蒂雅苦惱著，看著機場外的大雪。

距離起飛的時間越來越近，看板上還未顯示航班延遲的訊息。

那男人，還沒有來……

□

「你怎麼可以背叛我們！」

莉蒂雅對著幾乎被大雪埋在深處的薩克咆哮。

「莉蒂雅……」

薩克站在陰冷的黑暗裡，從來沒有流過眼淚。

因爲他的淚珠，在尚未流出眼眶前，就凍成了寒冷的冰。

□

「眞想，以人類的樣子死掉啊……」

薩克淡淡地說，淡到，彷彿不是在告別似地。

快說啊！莉蒂雅！

如果無法說出對不起，另外三個字更好不是？

莉卡……

不，莉蒂雅，眞希望她的男人可以聽見……

「薩克，我愛你。」

夜夢魘

命格：情緒格

存活：三百年

徵兆：經常作惡夢，卻往往在惡夢深處醒不過來，久而久之甚至會開始害怕睡覺。那會怎樣？睡眠不足啊！

特質：命格吃食宿主作惡夢時的驚恐情緒而茁壯，所以為了吃到更巨大的能量，不斷製造恐怖的夢境逼壓宿主，甚至也會想辦法阻礙宿主脫離夢境。

進化：夢無界、大夢魔

第549話

戰爭的氣氛隨著戰鬥的白熱化越來越高亢。

終於下了艦艇，整軍進入東京市區的人類諸國聯軍與各據一方的強大獵人團，都抱著彼此較勁的高手心態，趾高氣昂，踩踏殘破街道前進。

這是何其恐怖的跨國獵人團大軍！

如果他們的心中充滿了所向無敵的意志也無可厚非，對於這些只能在日本境外捕殺吸血鬼的獵人們，終於踏上了號稱「沒有獵人」的吸血鬼第一強國，其意義不言而喻。

在多國聯軍艦隊的新一波陸戰隊整合完畢之前，也許這一批獵人大軍就會終結這場戰爭。這也絲毫不讓人意外。

「剛剛無線電說，樂眠七棺全部出動了，阿不思也帶領吸血鬼大軍一路幹掉許多美軍陸戰隊了。」凡赫辛兵團之天火團團長居高臨下，拿著望遠鏡觀察煙硝瀰漫的城市，身後站著三百名精銳獵人。

「打仗靠的是飛彈，但要打吸血鬼，美國那些自以爲是的陸戰隊還是閃遠一點，讓專業的來。」法國獵人傭兵「鐵十字軍團」團長抽著紅色雪茄，眼神不屑。

「大家的作法都不一樣，看樣子是要各自進攻了吧？」勝利火焰無敵戰士團團長拿著無線電對講機。他此次帶來了五百名獵人，以及五百顆熱血的正義之心。

「當然，我們不必勉強配合彼此的節奏。」此行中國龍獵人團隊長麾下可是有浩浩蕩蕩的一千大軍，有絕對的人海優勢：「隨時交換情報就行了。」

「這一天早該來了。」大漠之歌皇室獵人團的團長用眼神清點了三百名手下的鬥志。很好，看起來大家今天都非常想用敵人的血淋浴。

「一定贏的仗，打起來有點不過癮啊。」千年長城獵人團的老團長帶著歷史的恨意，看著這烽火滿天說：「不如來比賽屠城吧！看哪一個獵人團殺的吸血鬼多！」

「哪是那種程度的比賽？要較勁，就來比比看，看誰可以把阿不思的腦袋扯下來如何？」極度自信的雅典娜之劍獵人團的總特攻隊長如此提議，立刻獲得所有獵人團的大聲附和。

所有獵人團立即分頭挺進這座失去希望的城市，各自以各自的風格戰鬥。

看樣子，今天這幾個獵人團要在失去時間之輪的這個國家，將吸血鬼的家廟連根拔起了。

大漠之歌皇室獵人團偏好區域伏擊，然後做定點圍殺。

中國龍獵人團與千年長城獵人團都習慣了全軍直進的單線暴衝。

雅典娜之劍獵人團著重個人戰鬥能力，一向採取小部隊且聚且散的靈活策略。

老牌子的凡赫辛獵人團天火分團，以十人爲一小組的強力單打風格銳步前進。

勝利火焰無敵戰士團則以高科技重兵器進攻爲主，穩紮穩打推進。

而剛剛才大笑進入眼前這一個街區的法國獵人傭兵部隊「鐵十字軍團」，其風格就是絕對的暴力！絕對的瘋狂！他們這些殺吸血鬼專家只花了區區約「十七分鐘的心理時間」，立即用殘酷的手段殲滅了駐守在這裡的一支千人日本自衛隊，以及兩百多名猶如神風敢死隊的日本血族黑幫份子。

爲數僅三百人的鐵十字軍團，其組成份子多爲流浪各國的游離獵人，軍團以高薪聘僱，再以包案方式幫法國政府殲滅棘手的吸血鬼幫派。這些游離獵人習慣了單打獨鬥，習慣了爲錢而戰，一般獵人團講求的軍紀根本難以駕馭這些人，在別的獵人團眼中，這支傭兵部隊根本就是雜牌軍——卻也不得不承認，由於他們的單兵戰鬥能力超高，鐵十字軍團是一支非常恐怖的殺戮部隊。

「留一點力氣，留一點力氣對付阿不思的主力啊！」

鐵十字軍團的團長隨口說說，不同膚色的獵人們也就隨便聽聽，繼續放肆他們的殺意。他們可是收足了高昂費用，當然要好好製造成山的屍體。

只是，似乎有一個吸血鬼對鐵十字軍團的強悍不以爲然。

他的名字叫……

第550話

鐵十字軍團的團長皺著眉頭，摸著喉尖上的一道微涼。

什麼時候發生的事？

他停下腳步，左顧，右盼，然後看見身旁的副團長也正瞪著自己。

副團長的喉尖同樣沒入了一抹寒光，慢慢臉色蒼白地跪下。

周遭幾個鐵十字獵人團核心領導人物面面相覷。

忽地，又一個人發現自己的喉嚨揪緊了一下，難以置信地摀著頸子倒下。

團長看似釋懷地點點頭，也跟著緩緩地將膝蓋放軟，斜倒在地。

他明白了。

明白了許多許多年以前，流傳在老前輩之間的傳說，是真的。

「我，是死神。」

一個穿著黑色皮衣的削瘦男子，夾帶著若有似無的銀色寒光，飛快地如一陣吹熄生命燈火的風，颼颼颼進了所向披靡的鐵十字軍團裡。

七個人瞬間摀著喉嚨噴倒。

「上官！」一個黑皮膚傭兵獵人大叫：「上官無筵！」

這一聲大叫，引來無數瘋狂的槍響。

「上官我老大！」

賽門貓從搖搖欲墜的大樓石柱後衝出，一拳打爆黑皮膚傭兵獵人的腦。

「也是我的老大！」

螳螂同一時間竄出，一鉤斬，將兩個比他高兩個頭的大個子傭兵給劈倒。

「爭什麼，老大就是大家的老大。」

張熙熙笑嘻嘻說這話的時候，身邊已倒了一堆脖子被硬生生扭斷的高壯獵人，他們手中緊握的重兵器在這個畫面裡格外諷刺。

強有強的橫行，弱有弱的打法。

阿海與聖耀一起行動，聖耀猛對獵人大叫：「我愛你！」然後用回復力超強的身體幫阿海擋住來襲的子彈，而動作靈活如蝙蝠的阿海毫不留情地用手刀將獵人的頸子一一斬斷。

這絕對不是雙方實力懸殊的戰鬥。

鐵十字軍團的單兵戰鬥力是惡名昭彰的可怕，如果戰鬥力可以簡單數值化再加總，三百多人的他們當然還是上官一行人之上。

偏偏他們遇上了，非常難得集體行動的上官組！

話說桀傲不馴的上官一行人平日行動都是分頭戰鬥，各自單挑對手，各自想辦法突破各自的絕境，試著在沒有奧援的情況下尖銳自己的意志，但無法否認的是，他們都有一種奇怪的氣氛——待在上官老大旁邊的時候，他們總是想表現得比平常還要強。

「迷蹤——拳！」

領悟了迷蹤拳，實力比剛剛來到東京時還要強悍好幾倍的賽門貓，在獵人間化作無數殘影，每一拳都是閃電吋勁的傑作，每一拳都將近身者打得內臟爆碎。

「螳螂螳螂螳螂螳螂螳螂螳螂螳螂！」

螳螂拳原本就是非常刁鑽狠戾的打法，在螳螂的手中根本又進化成可怕的連續殺人術，他分筋錯骨的效率比起扣扳機的速度不遑多讓，瞬間癱瘓五人。

已經用飛刀瞬間幹掉鐵十字軍團裡最強的幾個人，上官不再發出飛刀，而是以飛刀般的神速在眾獵人間衝殺，當作是遇到更強敵人之前的暖身。

張熙熙一向是從容不迫的打法，被喻為「唯一還沒有跟上官老大打過架的夥伴」，實力高深莫測。

正當張熙熙以柔中帶剛的太極勁將來襲的子彈掃離軌道時，忽然，一道根本無從察覺起的淡淡絲線劃過了空氣。

看似柔軟輕飄的絲線上，因遠處的一記爆炸火焰，反射出細微的光影變化，這才暴露出它的存在，此時這條絲線已距離張熙熙的後腦不到十公分。

？

但張熙熙以驚人的、千分之一秒的直覺撇開頭，堪堪閃過了這一道莫名的閃光，但沉浸在熱戰中的螳螂就沒有那麼幸運了——

咻颯！

細線壓入螳螂的左肩皮膚，無聲無息沒入肌肉與骨骼。

只聽見輕輕啪的一聲，左手齊肩被切斷，掉落在地。

「！」

螳螂大驚，別說還沒來得及把手撿起來，就連感覺到痛都來不及，卻見眼前正與他肉搏拚殺的鐵十字軍團的四個獵人，瞬間被一道奪命閃光切成對分兩半，鮮血隨著臟器整個大爆炸。

一時間殺氣大盛，漫天肉眼難辨的絲線從四面八方劃來。

「危險！」阿海趕緊壓著聖耀一起趴下，頭髮被切斷。

「混蛋！」賽門貓迅速閃到牆柱後，牆柱卻被整個攔腰切斷。

「……」張熙熙隨手拿起髮簪，乾脆將迎面而來的刃絲給切斷。

血艷紛飛，斷手斷腳斷頭漫天摔濺。

只這麼一眨眼，鐵十字軍團就給殺了一大半。

「這眞是太巧了。」

一個穿著瀟灑長風衣的俊帥男人，笑嘻嘻地站在彎曲的路燈上。

男人的身上到處都是戰鬥留下的污跡與傷痕，看樣子傷得並不輕，但他一點也不介意。

這個人，自然是獵命師中百年難得一見的超級天才，風宇。

第551話

看著底下被自己的突襲強制中斷的戰鬥，風宇繼續得意洋洋地說道：「我老早在這裡布下陷阱，本來只是想殺殺獵人團打發一點時間，沒想到捕到了一條大魚呢。」

命格「大幸運星」，實在是太適合放在自己身上了，風宇笑得很燦爛，笑得連眼睛都快看不見了。

「……他奶奶的！」螳螂連點了左肩三處穴道，封住了血脈。

風一吹，風宇消失了。

上官也消失了。

被打斷的戰鬥重新開始，鐵十字軍團與上官組又打成烏煙瘴氣的一塊。

□

風宇停下時，已在七條街外。

風宇停下，是因爲一柄飛刀恰恰好掠過他的臉頰，將他半個耳朵切下。

上官也停下。

遠遠地，上官打量著這素不相識的、站在三樓廣告招牌上的年輕人。

的確，這個年輕人渾身散發出一股難以言喻的強氣，實力超凡。

但……爲什麼這個年輕人的戰鬥氣息裡，卻有一股奇怪的「不鬥之志」？

「上官無筵，大家都說你是亞洲第一飛刀，刀刀致命，絕不虛發。」

風宇的眼睛發亮。

上官聳聳肩，不置可否。

風宇笑嘻嘻地摸著自己只剩一半的右耳，一點也不生氣地繼續說：「但你號稱絕不虛發的飛刀，準頭似乎沒有傳說中那麼神乎奇技，是吧？」

上官又聳了聳肩。

臨敵變數很多，自豪的飛刀雖然不見得眞的百發百中，但剛剛從這年輕人後面射出的那一刀，自己的確是瞄準了他的後頸血脈，而不是耳朵。

千錘百鍊的飛刀神技，怎麼會偏離那麼多？

「傳說總是比較誇大。」上官淡淡地說。

「眞是謙虛。」風宇用力鼓掌。

「你鼓掌的樣子很討人厭。」面無表情的上官直言不諱。

「我等一下要做的事更討人厭。」

風宇當然不以爲意，帶著燦爛的笑容繼續說：「我聽過很多人說，若撇開不曉得到底存不存在的徐福老鬼，當今之世最強血族，其實不是牙丸阿不思，而是你，上官無筵。」

「……」

「到底是阿不思比較強，還是上官你比較強？標準答案只會有一個人知道。」風宇的聲音因過度興奮而有些發抖：「那就是我。」

「？」

「當今之世，恐怕只有我一個人，有這種榮幸在同一天連續跟你們兩個交手。」

風宇興奮地摩拳擦掌起來：「一想到再過一會兒我就能知道這個答案，我就……我就……哈哈哈哈！到時候我一定會笑到流淚啊！」

上官忍不住嘆氣。

仍在笑，風宇大方亮出手中絲線，真氣灌入，刃氣飛騰。

「雖然肯定不及前輩厲害，但小輩滿強的喔！請前輩務必一開始就盡全力殺過來，可別太大意，一不小心就被小輩殺死啊。」風宇喜孜孜地揮動牽動手中刃線，街上一盞忽明忽滅的路燈立即被刃線砍斷。

上官指著自己的眉心。

「等一下，我的刀會射進你的雙眼之間。」上官淡淡地看著這居高臨下的年輕人，說：「你會痛到眼淚都流出來。」

「天啊！傳說是眞的！傳說是眞的啊！」風宇狂喜，「大幸運星」的能量在體內激烈澎湃：「傳說以前外號死神的上官無筵，在使出絕招之前會宣布敵人的死法，而且一定說到做到！天啊天啊我眞的要哭了！我被死神宣告了傳說中的死亡預言啊哈哈哈！」

眞是說不出的討人厭啊。

上官的身影一箭。

人如飛刀，飛刀又勝飛刀。

風宇的瞳孔縮成一個微點。

身爲一個絕世天才，所有與頂尖高手對戰的經驗都將直接轉化成力量的提升，風宇自然有這樣的本事，尤其不久前才與超強中的超強阿不思交過手，此時風宇的六感極爲敏銳。

面對暴起飛衝上來的上官，風宇聚精會神，以所有的精神力量將上官快速絕倫的身影壓縮又壓縮，壓縮到視線之內。

原本就停滯的時間世界，在這一瞬間的生死對決中被定格再定格。

渾身被「幸運強光」緊緊裹住的風宇，在奇異的精神世界裡瞧清楚了上官的身影，就連上官的臉部表情也全刻在眼底。

他的指尖顫動，充滿眞氣的鋼琴刃線微微冉動。

不知緣故，風宇感覺到自己的武術境界又往上猛竄了一大層。

不只是上官極快的身影，他甚至清清楚楚見到了傳說中上官的飛刀。

飛刀緩緩脫離上官的手。

——原來是那樣的手勢！

飛刀以慢動作在空氣中劃出漂亮的流星軌跡。

——原來是這種弧度！

飛刀慢慢地接近自己。

——原來是這種壓迫感！

猶如死亡預告，飛刀正接近自己的雙眼之間。

但風宇無法動彈，連牽繫著鋼琴刃線的手指同樣一點反應也沒有。

「……」風宇感覺到了，這柄越來越近的飛刀充滿了上官的意志。

依舊無法動彈。

即使他的精神能力已經可以清晰看到傳說中的神祕飛刀，但他的身體尚未意識到飛刀的存在。精神上的武學造詣，與肉體上的武學進境並沒有在此刻協調一致。

沒關係，無妨。

不過就是一柄越來越近的飛刀罷了……

因爲我的身上有炙熱無比的……

「？」

風宇愕然，體內「大幸運星」的熊熊火焰瞬間熄滅。

一點也不剩，連一點點的餘燼都不剩，滿覆在風宇身上的幸運光彩全都消失了，那股強烈的驕傲自信也跟著消失殆盡。

只剩下從來就沒有眞正存在風宇體內過的……迷惘。

雙眼之間沒入了一股前所未有的冰涼。

隨著這股冰涼的滲透，有一股不可抗拒的作用力在自己的腦子裡扯動，將頸子往後一扳，風宇只好仰起他的視線，看著天。

即使看著天，在這最後的身影交錯中，風宇終於還是感應到了……

這個男人！

這個男人的身上，竟棲息著——千古奇命「百命藏鱗」？

上官落下。

風宇看著天，被迫感受著那一股難以忍受的劇痛。

痛到，眼淚無法克制地流了下來。

「你還有一句對白沒說。」

上官從皮衣內袋裡拿出了一根菸。

點燃，閉上眼睛，深深吸了好大一口。

風宇背上的風衣裂開，一股氣勁噴爆而出，將風衣背後炸成無數灰蝶。

這是上官爲了瞬間解決掉肌肉厚實的第三種人類「灰獸」，最新鍛鍊的猛拳。

傾身一擊，超越視覺世界之外的超極速。

「什麼時候……」

風宇呆呆地看著黑壓壓的天空，視線逐漸模糊。

這種拳頭的力量根本比不上阿不思，卻偏偏打中了自己。

自己根本連上官揮拳的動作都沒有意識到……

「傳說已經跟不上我了。」

菸沒抽完，上官離去。

□

「大幸運星」奮力掙脫風宇的時候，在這了無希望的城市裡發出了一陣祥光。

這道飽滿著祥光的巨大能量並沒有吸引到所有獵命師的注意，因爲在它脫離風宇了無生意的軀殼時，就已經被悄悄盯上了。

「是有點難得的好東西呢。」

一手拿著酒壺，一手，輕輕囚著這寶貝般的奇命。

這滿臉鬍碴、穿著一身毛筆狂草長衣的中年男子，打了一個超臭的酒嗝。

另一個絕世超凡的獵命師異才登場。

夢無界

命格：情緒格

存活：三百五十年

徵兆：常常在清醒的時候以為自己在作夢，卻會在作夢的時候以為自己很清醒。現實與夢境太常混淆，因為夢太清晰，而現實人生的真實感卻漸漸剝落，造成你常常無法專注在真正的人生裡。

特質：命格吃食宿主無法區辨現實或夢境的迷惘而茁壯。通常這種迷惘感可以幫助宿主逃避現實人生的不如意，但相反地，也會令宿主不想為改變現實人生的困境付出努力。

進化：大夢魔

〈東京滅亡！血族大敗退〉之章

第552話

時間依然離奇地遲滯不動。

但僵滯的時間，並無法阻止這一場空前規模的城市血戰。

殺聲震天。

不久前才從樂眠七棺甦醒過來的平教經率領的三千吸血鬼大軍，勢如破竹地往前衝，一般的美軍陸戰隊完全不是對手，所謂的「防線」僅僅是一個虛構的名詞——專門提供給這批惡鬼撕裂用的。

平教經的頰骨上，依舊還帶著阿不思拳頭……一個區區雌性的拳頭，所留下的淡淡瘀青，而這一個超級武將對甫出棺就挨了一頓揍的鬱悶與怒氣，全都發洩在擋在前方的敵人身上。

「殺！一定要殺得比弁慶那傢伙還要多上十倍的敵人！」

領在陣行的最前端，平教經站在向前暴衝的輕甲坦克上，神威凜凜。

忽地，一台冒煙的軍用吉普車遠遠砸了過來，眼看就要落在平教經的頭上。

「將軍小心！」幾個吸血鬼大叫。

「哼。」

平教經將扛在肩上的特殊鐵弓猛然一拉，射出一道具有砲彈威力的氣箭。氣箭穿透吉普車，尚未砸落便給震歪了落下的軌道，轟地撞毀在一旁。

「眞是厲害啊！」

是谷天鷹迅速逼近的巨吼聲：「接下來也別讓我太失望啦！」

平教經瞇起眼睛，看著這個顯然擁有超級怪力的壯碩老人，揮動著大到不像話的超巨型鋼球往自己衝來。

而這個壯碩老人的身旁竄出一台飆速的摩托車，騎在上面的是兩個殺氣騰騰的高手，坐在後頭的女人眼神凌厲，手中拿劍。騎摩托車的則是徒手……危險至極的徒手。

拿劍的自然是瘋狂的初十七。徒手的當然是老麥。

這三個獵命師，目標顯然是奪下平教經的腦袋。

「這些人類不是泛泛之輩，大家別大意了！」

平教經大吼，身後的三千大軍隨即賞了前方的三個獵命師一陣亂槍。

可惜這亂七八糟的槍擊全數落了空，因爲一切都在命格「百試不中」的威力罩射下，平凡無奇的攻擊不可能命中這三個身法精奇的獵命師。

「接！」

谷天鷹甩來這顆大巨球，摧枯拉朽的威力掃得眾吸血鬼一陣血肉模糊。

不僅是氣弓的高手，平教經也是天生神力，那誇張大的鋼鐵巨球掃到平教經面前的時候，這個曠世高手橫臂一擋，也得使出近八成的力量才能將這顆充滿壓迫性速度的巨球給擋住。

「……咦？」

平教經暗暗訝異，這壯碩老人體型不凡，但如此具破壞力的超級大球在這個白髮老人的手中竟像是完全沒有重量感地給亂使，難道自己的力氣還比不上他？

「呀殺！呀——殺殺殺！」

一頭亂髮的初十七淒厲地怪叫，手中長劍劍光暴漲，朝平教經刺了過來。

幾十個自詡武功高強的吸血鬼擋在平教經前，手中軍刀卻連初十七的衣角也沾不到，就給削開了頸脈，鮮血狂濺。

而眼中只有平教經的初十七被眾吸血鬼層層擋住，心中大爲不耐，手中劍勢只有更瘋狂，招招全無理絡可循。

此時老麥的燃蟒拳已強勢鑽過吸血鬼群，來到了平教經的背後十尺。

「燃蟒拳——擒魔絞！」

老麥雙臂甩出，在命格「石破天驚」的激化下捲起了危險的氣旋。

平教經反身快速一弓，氣箭射出，竟還來得及將老麥的氣旋給穿破。

「很好！」

氣旋被破，老麥的怪臂卻已捲上了平教經的臂膀，大喝：「要你的手！」

骨骼彷彿完全消失，老麥的左手臂如一條粗厚的蟒蛇，緊緊纏住平教經的右手臂，運氣一灌，燃蟒拳的威力全開，平教經的右手整個繃緊。

好傢伙……老麥心中暗讚。以前不管遇到了誰，只消給他的手臂這麼一纏一絞，那條倒楣的手臂一定瞬間骨血爆開，可這一個剛剛從樂眠七棺甦醒過來的怪物，卻只有眉頭輕輕一擠。

「摔死你！」

老麥平地一聲吼，身子一斜，登時將平教經昂藏的高大身軀給摔在地上。

塵土飛揚，大地裂開！

問題是，大地裂是裂了，但平教經怎是省油的燈，這個猛然被摔的怪物還倒在地上便反掌一抓，大叫：「換你！」將好好站在地上的老麥整個人反摔出去。

被這種怪物反過來硬摔的話，不死也得壞掉半條命？戰鬥經驗豐富的老麥瞬間鬆開自己的手臂，藉著這股衝力，在半空中翻了五圈卸力才遠遠落下。

老麥無法一舉扳倒平教經，身邊已團團被吸血鬼大軍給陷住——嘿嘿，這眞是他夢寐以求的殺戮戰場！

「燃蟒拳——地裂絞！」

老麥獰笑，揮舞著恍若沒有骨頭的雙臂，在吸血鬼軍隊間來回絞殺。

被剛剛那一絞一摔，平教經的手臂痛得發熱，但他可沒時間拍去臉上的灰土。平教經感覺到一道逼人的劍氣越來越近，看準了方位，一弓拉出，氣箭衝向咄咄逼近的瘋婆子初十七。

「老娘還沒殺你！你就先——殺我！」

初十七一劍掃出，手中利劍卻讓威猛的氣箭給震得差點脫手，初十七又驚又怒，虎口迸出血來的她卻硬是將劍握得更緊十倍。

一波未解，一波又來。

谷天鷹手中巨球以更快兩倍的速度朝平教經砸了過來，而老麥也穿透了十幾具來不及倒下的屍體，往平教經的身上襲去。

雖有三千大軍護衛，但在「百試不中」的籠罩下，平教經實際上是以一打三。

平教經可不是有勇無謀的愚將，他避開了與大巨球硬碰硬的力氣競賽，任憑那大巨球將他忠心耿耿的大軍掃得東倒西歪。

同時，冷靜的平教經鐵弓連發，氣箭全都射向操縱大巨球的谷天鷹。

「混帳！」

谷天鷹閃開了兩發氣箭，卻中了第三發與第四發，整個身軀往後摔出。

而老麥的燃蟒拳趁機來到平教經左側，在毫無距離的情況下，平教經選擇了彼此交換了一拳一絞——挨了一絞的平教經往後摔了兩步半，而挨了一拳的老麥則往後飛出十幾公尺，在半空中兀自「飛行」的老麥被揍得臉都歪了。

平教經穩住腳步，臉上一陣炙熱的劇痛，卻不想稱讚對手：「……比起阿不思的拳頭，你的攻擊根本不須要閃躲。」

初十七的劍也來了，將擋在前頭的吸血鬼大軍殺出一條紅艷的血道。

但來了又如何？

啐了一口血，平教經面無表情地拉著弓，一箭又一箭，遠遠壓著初十七的劍射。

「呀！殺！」初十七鬼吼鬼叫，以劍擋箭，以氣殺氣。

「瘋子再強，還是瘋子。」平教經連發不停，射得初十七無法前進半步。

空氣中不斷炸起劍氣與箭氣硬碰硬的爆響。

初十七的內功根本比不上平教經，劍勢有餘，劍力卻大大不如，就這麼一箭又一箭，被平教經的氣箭射得劍勢凌亂。

早該被震脫手的劍卻還牢牢抓在初十七手上，完全就是初十七頑強彆扭的個性使然，再這麼硬碰硬砸開氣箭下去的話，遲早初十七的手腕肌腱會硬生生撕裂、整個手掌都會連著手中利劍給一起震落墜地。

「王八蛋！」谷天鷹起身，立刻狂吐了一大口鮮血。

「……」臉被打歪了的老麥站了起來，卻仍感天旋地轉。

眼見初十七就要死在平教經的氣箭雨下，這兩個經驗豐富的老獵命師卻還無法回復到足以將夥伴救走的最低程度，三千大軍更不可能放過圍攻他們的機會，全搶了上去。

毫無意外地，就在這三個自不量力的獵命師命在旦夕之際，一聲無可奈何的清嘯從天而降，還帶著焚燒大地的灼熱。

「雷！霆！火！隕！」

第553話

十幾枚如小型隕石般的火球從天飛墜，瞬間將圍住三名獵命師的吸血鬼軍團給轟得鬼哭神嚎，幾台輕型坦克還給炸翻了圈。

一個人影隨著火球落下，立即在一片火海中快速絕倫地衝向平教經。

「你們終於想清楚敵人是誰啦！」

來者當然是烏拉拉，踏著火焰直直衝：「那從此以後我們就是一國的啦！」

「臭小子多管閒事！」看清楚了援者是誰，被救了一命的初十七不喜反怒。

「不客氣！」烏拉拉握緊冒火的拳頭，衝向強敵平教經。

一皺眉，平教經身上的鬥氣震開了四周的火焰，拉開鐵弓，對著就快衝到眼前的烏拉拉就是一箭：「倒！」

氣箭射出，空中響起一聲不尋常的爆。

比起硬碰硬的幹架，烏拉拉更是巧妙閃躲的專家，但來了便來了，如果他無法牽制平教經，這三個同樣很想殺死自己的獵命師就無法得到喘息。

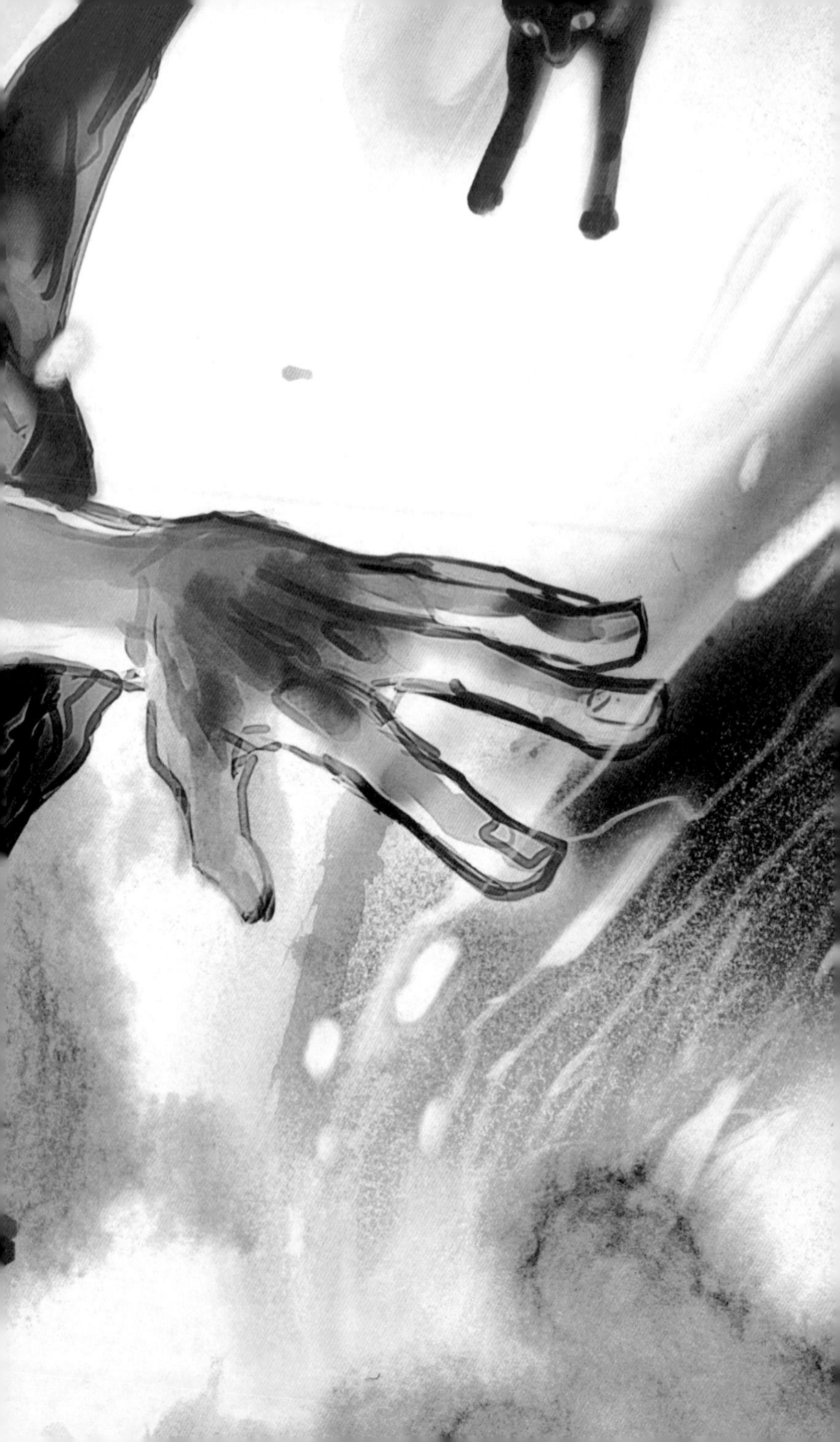

況且……這一次他很想再試試看自己與樂眠七棺強者之間的距離。

烏拉拉咬著牙，轟出一拳漲滿火焰的炎箭：「看誰厲害！」

蓄滿能量的炎箭與威力強大的氣箭相撞，爆出激烈飛旋的黑煙。

「好！」平教經拉弓又連發三箭。

「不好！」烏拉拉連擊三拳，兼之連衝三大步。

氣火相撞，轟了個平分秋色，烏拉拉根本無法拉近與平教經之間的距離。

「夠了！」平教經深呼吸，射出一記威力比剛剛還要強大十倍的氣箭。

「不夠！」烏拉拉想也不想，掌心咒字閃閃發亮：「火炎咒！」

火炎咒的威力強大，這一擊卻醞釀得不夠厲害，被平教經的氣箭給射滅，還將烏拉拉轟到十丈外的半空中。

但烏拉拉偷偷在笑。因爲在剛剛那一波火焰連擊中，這個古靈精怪的臭小子一邊哼著怪怪的曲調，一邊順勢擊出了藏在火焰中的一道柔和白光。

白光悄悄地混在四處燒起的熊熊火光中，無聲無息飄到了平教經的背後。

毫無氣息的白光褪去那一眨眼，一道氣勢非凡的人影從中殺出，一刀刺進了剛剛將烏拉拉轟飛出去的平教經背上。

「中！」

突襲者正是身負「自以爲勢」強大能量的漢彌頓。

這一招以「幻貓咒」稍微改良而成的超級隱身突襲術，可是烏拉拉與漢彌頓這幾天反覆練習了好幾次的戰術，第一次派上用場就是對付這種大怪物，也幸好第一次用上就成功。

「過癮！」

氣勢如虹的漢彌頓當然不畏戰，一刀得手，反手又是一劃，劃開了這個怪物的臉，全都是軍隊格鬥技的貼身速殺法。

遭襲的平教經惱怒不已，舉手擋架，卻還是被漢彌頓一陣極有效率的砍殺，拳如風，刀無影，拳刀拳刀拳拳拳刀刀拳拳拳刀拳刀刀刀刀刀刀刀拳刀拳拳刀刀拳刀刀拳刀拳刀刀拳刀拳刀拳……

才一下下，平教經身上多出來的傷口已比剛剛加起來都還要多。

但漢彌頓霹靂雷霆的戰鬥，很快便過了「突襲的時效」，對樂眠七棺等級的平教經來說孰不可忍！逮住了漢彌頓手中刀刺進自己左手上臂的一眨眼，平教經右掌緊緊握住了漢彌頓持刀的手，不讓漢彌頓將刀拔出。

「去死吧！」

平教經一個頭鍾狠狠撞下，砸得漢彌頓眼冒金星，腿軟倒下。

還沒完！

平教經舉起右拳，拳骨因過度聚力而喀喀作響。

漢彌頓意識到這一拳會要了自己的命，卻昏沉到無法動彈。

正當平教經想對漢彌頓轟出一記從上而下的暴拳，以死結束這個突襲鬧劇時……

命格「自以爲勢」的作弊級幸運之力才正要開始！

大夢魔

命格：情緒格

存活：五百年

徵兆：宿主的惡念將轉化成夢中的妖怪，這個妖怪起初只是嚇唬宿主自己，但時間一久將會跑到別人的夢中作孽。侵襲範圍有多大眾說紛紜，有一說則是此命格能夠藉著夢境的移動、進而自由轉移宿主，原宿主的下場則沒有定論。

特質：與其說是命格的能量巨大，不如說是宿主的惡念餵養了命格，日有所思夜有所夢，宿主的惡念有時候甚至可以鎖定以夢侵襲的對象——例如，進入心儀女孩的夢境裡強暴那個女孩，令其飽受摧殘。而得逞後的邪惡快樂，則大大增強了命格進化的力量。

進化：邪化成妖

第554話

陳木生的眉頭皺得很緊。

老實說，在這場以戰爭規模當作單位的大群架裡，對於自己應該做什麼，陳木生還真有點茫茫然。

打是一定要打的，但應該找誰打？

先打誰比較重要？又或者那一個重要的誰應該去哪裡找出來打？

從剛剛到現在，陳木生只是盡量往吸血鬼多的地方跑，然後將擋在前面的吸血鬼通通幹掉——之類的不算計畫的計畫。

也不知道到底出了什麼錯，跑著跑著，打著打著，剛剛陳木生竟在這條躺滿陸戰隊屍體的街上，被一群超巨大的異形蟑螂給團團包圍。

這些異形蟑螂揮舞著巨大掛滿尖刺的危險長腳，口中噴出綠色的強酸唾液，受傷的時候還會鑽破柏油路面躲進地下，再冒出來的時候已是完全復原的作弊狀態！

「哪有這種事啊！」

陳木生手持「戰斧兵形」，猛烈一斬，三頭蟑螂瞬間爆成兩截。

一隻蟑螂驚險飛了起來，躲過了剛剛陳木生那一斧斬，從空中噴吐酸沫下來。

「豈有此理！會飛的蟑螂最噁了！」

陳木生左手抓起銅盾兵形擋住酸沫，右手射出長槍兵形，直接將蟑螂釘爆在半空。

不管這些超不寫實的巨大蟑螂是白氏貴族施出的幻術，還是吸血鬼實驗室裡養出來的突變怪物，都很噁心！

由於時間已經停滯了很久很久，無法精確知道陳木生已經與牠們纏鬥了多少時間，但至少也三百招過去了，這三百招可說每一招都幹掉至少一隻蟑螂，卻沒能徹底將這些源源不絕的異形蟑螂給打爆乾淨。

「沒道理這麼多……肯定是幻術！」

陳木生恨恨不已，左右手各持三叉戟兵形，衝向前方的蟑螂海大殺十招：「在J老頭打鐵場那裡也是一直打幻術，到了外面卻還是一直在打幻術！幻術幻術幻術！到底有完沒完啊！我想打眞正的王八蛋吸血鬼啊！」

根本沒有陷入苦戰的陳木生，只是單純覺得很煩。

至於用腦波連結陳木生的腦意識，將大量異形蟑螂灌輸進陳木生大腦裡的白窮，則是煩上加煩，因爲陷入苦戰的根本是躲在暗處的他。

怎麼會有這麼強的人？白窮又驚又怕。

這個人類的招式完全無法預測，甚至還看不清楚他使用的是什麼兵器，異形蟑螂就一隊接一隊被幹掉，只能說這絕對不是戰鬥，而是在拖時間。

源源不絕的蟑螂攻勢只不過是將這個人類高手給纏住罷了！

「看來你需要幫忙呢。」

白竇的意識悄悄進入了白窮的意識。

轉頭，白窮往腦中聲音的方向一看，白竇正躲在兩百公尺外的陰影處。

「這個人類強得離譜，你的蟑螂當然不夠看了。」

白竇瞳孔綻放白光，成群的裂嘴女從地底爬了出來。

不僅爬了出來，其爬出的姿勢還模仿了恐怖電影「七夜怪談」裡的女鬼貞子，彷彿身體有多重骨折似地，歪歪斜斜地用指甲刮著地面站起來。

一站起來，就咧開從雙耳耳際撕裂的、長滿利牙的血盆大口，衝向陳木生。

當真是齜牙咧嘴啊！

「……這又是什麼？好……」

陳木生呆呆地看著這些怪模怪樣的都市傳說，手中直覺地抓著長鞭兵形。

「好醜！」

長鞭一甩，颳起一陣比刀刃還銳利的強風，掃向四面八方。

衝在最前頭的六個裂嘴女瞬間肚破腸流，爆成一團黑氣消失。

陳木生勃然大怒：「一點也不強嘛！」

反手又一抽，威力更強大的鞭擊掃得從後面跟上的裂嘴女灰飛煙滅。

白竇大傻眼，這些剛剛給予美軍陸戰隊迎頭痛擊的裂嘴女妖怪，在這個人類面前竟如此不堪一擊？

他定了定心，更多的裂嘴女從地底下、布滿彈孔的牆上、不再發亮的路燈上、撞毀的坦克裝甲上爬湧而出，混在不斷噴出綠色酸沫的巨大蟑螂陣中，朝陳木生發動攻擊。

「蟑魔飛舞！」白窮握拳，所有的異形蟑螂都展翅飛了起來。

「讓這個人類閉嘴！」白圚全神貫注，三十幾個裂嘴女一齊暴衝。

蟑螂加貞子，先不論戰鬥力，光是這醜陋的畫面，在精神上就太有殺傷力了！

「巨斧——兵形！」

比人還高的巨大斧頭握在陳木生的手中，「輕輕」一揮，竟颳起雄渾至極的斧風，將那些飛起來吐射酸沫的蟑螂全轟到對面的大廈。

「無敵大鏈砲！」

明顯就帶著獵命師谷家氣息的巨大鏈球兵形抓在陳木生右手，猛烈一甩，就像一個致命的大型溜溜球一樣旋轉起來，將不長眼的裂嘴女掃得血肉紛飛、骨肉爆炸。

陳木生手底無窮組合的兵形，沒兩下就將這些幻術怪物給幹掉。

別說白圚跟白窮被打得落花流水很不甘心，就連陳木生自己也打得心浮氣躁。

「別看不起人了！」陳木生眞的太生氣了：「既然要用幻術對決，爲什麼不弄一些眞正的怪物出來打？淨耍一些騙小孩子的把戲！」

騙小孩子的把戲？

這一番話可眞正惹惱了白窮與白圚，但他們卻無力反駁陳木生的論調。

「怎麼辦？」白竇的腦波開始出現恐懼的頻率。

「什麼怎麼辦？我們的腦力難道會輸給他的體力嗎？」白窮盡量站在有利己方的角度分析：「就算一時打不過他，時間拖久了，他一定會撐不下去。」

「也是！」白竇抖擻精神，瞳孔再度炙熱起來。

無用無效無威脅的怪物重起陣勢，將陳木生包圍在大街中心。

「又是這些！」

陳木生大失所望，只好揮動兵形，再次將來襲的幻術給打爆。

只能說陳木生是一個眞正的大笨蛋。

他只是沒頭沒腦地與這些幻術正面對峙，並沒有想到要想辦法將施放幻術的藏鏡人給找出來，就這麼硬碰硬地直打，還以爲將幻術都打爆掉就可以解決掉敵人似地。

「喔？我還以爲你們不往前推進，在原地打轉做什麼……」

一個新聲音從遠方加入了白竇與白窮的腦波頻率，是白曙。

第555話

白曙剛剛又輕輕鬆鬆消滅了一支迷路的陸戰隊，現在可閒得很。

「呵呵，原來是被這麼一個人類給牽制住了？」

看著陳木生狂打他同族夥伴的幻術，白曙可是一點也不同情，反而冷言譏嘲：

「就跟你們說過了幾千次不是？你們這種有形有體的幻術只是玩弄視覺上的恐怖感，威力有限，唯有直接毀壞感知功能的幻術才是眞正的無敵——讓開，瞧我示範！」

陳木生打這些異形蟑螂就像拿著拖鞋狂打家裡的小蟑螂，殺這些裂嘴女就好像拿電擊拍在追殺聚在黃昏路燈下的小蚊子。

而現在，或許來自白氏貴族眞正的考驗才要降臨……

白曙瞳孔射出強大的能量，驕傲地震動起強勢頻率的腦波。

白賫與白窮一驚，趕緊在幻術中命異形蟑螂將裂嘴女抓起，往後飛撤。

「絕！對！火！焰！」

龍捲風似的火焰自陳木生的四周圍竄生出來，烈焰的威力根本沒有絲毫醞釀就驚人暴漲，簡直要在瞬間吞噬陳木生似地。

白曙嘴角微揚。

在幻覺的世界裡，這個人類已完全被火焰給包融，沒有死角，沒有逃生可能。

對驕傲的白曙來說，打敗了這個渺小的人類根本不算什麼，重要的是，藉著打敗這個人類證明了自己的幻術比同儕的幻術還要優秀……這才是眞正令白曙嘴角上揚的原因。

但深陷火海的陳木生只是愣了一愣，竟大叫：「烏霆殲！」

不，哪來的烏霆殲？

東張西望，烏霆殲連個烏字都看不到，只有這一堆將自己淹沒了的熊熊烈焰。

置身這一場大火裡，陳木生當然很熱。

但也不過就是很熱很熱罷了。

於是他發現這絕對不是烏霆殲暗中出現幫助自己擊退幻術的招式，只因爲，這火如果是烏霆殲放出來的，絕對不會只有很熱很熱的程度而已啊！

「你們真的是……一直不肯認真對付我是怎樣！」

陳木生氣到快哭了，悲憤地望著黑壓壓的蒼天。

對付這種程度的火焰，陳木生可以用青龍偃月刀兵形將火一口氣掃平……

可以用方天畫戟兵形將火捲起來吹熄……

可以用齊眉棍兵形亂棍將火焰擊碎……

可以用長鞭兵形抽出巨大的風壓將火焰瞬間捻熄……

可以用雙截棍兵形將火焰螺旋狀盪開四周……

可以用九節棍兵形中的九天連雨招式，一鼓作氣將火焰轟進地底下……

五十一種藏在體內的兵器靈魂，各自有各自破解火焰的招式。

即使完全不做什麼，光是用忍耐的心情就可以將之熬過去。

要知道，一直在「死鬥空間」與烏霆殲並肩作戰的陳木生，可是長期忍受烏霆殲「火神」等級的正宗火炎咒在身邊轟來又炸過去的啊！

而現在！

這種只能造成火災的小小火焰，到底是……

「我就這麼不值得你們，對我認真是吧？」

微微發抖的陳木生低下頭，捏緊拳頭。

他的頭垂得很低很低，低到幾乎與脖子呈九十度垂直。

因爲他不想讓敵人發現他在哭。

恐怖的大火燃燒著陳木生。

「就這樣死了？」白竇疑惑。

這個武功高強的人類竟然完全不掙扎，什麼嘗試也不做，就這麼直挺挺地站著讓火焰燒噬他的身體？

「他的腦波還沒消失，不，一點也沒有減弱啊？」白窮訝異。

「他的腦波似乎處於很低迷的情緒……他好像在……」白竇也感覺到了。

「他好像在哭？」白窮瞪大眼睛。

陳木生的鼻涕都流過了嘴唇，來到了下巴。

他眞的很不服氣。

他辛辛苦苦在死鬥空間中鍛鍊出如此高強的奇怪武功，又在與牙丸傷心決鬥的過程中擁有驚人幅度的突破性成長。

本以爲自己已經確確實實變強了，但看在這些敵人的眼中，自己還是那一個在馬路邊賣糖炒栗子、不值一哂的無名小卒嗎？一直一直不肯派出眞正的高手與自己對決嗎？

陳木生捏緊的拳頭，漸漸發出強紅色的光芒。

拳縫裡冒著煙。

一種因過度灼熱而發出的臭臭焦煙。

拳頭鬆開。

手指如蓮，垂變成掌。

「王八蛋！」

傾陳木生全力的一掌轟出，幻術世界裡的熊熊火焰瞬間被強大的風壓給拍滅。

而在現實世界裡矗立在陳木生對面的連鎖拉麵店，整片牆穿陷出一個工整的巨大掌形，此掌形不僅穿透了拉麵店，還穿透了拉麵店後面的吉野家、還穿透了吉野家後面的民宅、還穿透了民宅後面的民宅、再來更穿透了……

此掌形一直穿透穿透穿透穿透穿透……

直到此掌轟到了視線之外的城市另一角落。

如來神掌？

不，這個世界上根本沒有那種武功。

而是……

悲憤不已的陳木生抬起頭來，滿臉的淚水。

「鐵砂掌。」

曾經拿來炒栗子的鐵砂掌，如今返璞歸眞，變成無堅不摧的鐵砂掌。

多尾蟲

命格：機率格

存活：無

徵兆：俗稱多重人格，在不知名的機制下，宿主可以將自己的人格無限分裂、增殖繁衍。

特質：宿主擁有的多重人格可以協助宿主以多重能力學習多重知識，擁有不同的技能。有獵命師認為宿主每分裂出一個人格就會削弱每一等份人格的平均能力，卻也有獵命師持完全相反的意見，認為越分裂越強。

進化：九頭龍

第556話

崩！

街角的麥當勞連鎖店牆壁恰巧爆破開來，一道臭臭的掌形熱氣從牆壁破口衝向平教經，不偏不倚整個命中！

這個被砲彈打中也未必會後退的大怪物平教經，竟然給這一天外飛來的掌吹了出去！

「得救了！」

漢彌頓喘了好大一口氣，背脊全都涼了。

「哈哈哈哈哈！」這才趕到的烏拉拉一把扶起了漢彌頓：「這就是你全新的命運，想不習慣這種幸運都不行呢！」

烏拉拉與漢彌頓這一亂七八糟的聯手攪和，已經讓谷天鷹、老麥與初十七重新振作，這三個可怕的獵命師倒下過一次，想要令他們再一次挫敗，可得付出厲害十倍的攻擊。

而這種十倍力量的攻擊，平教經顯然已經準備好了。

「一鼓作氣！」憤怒的平教經一躍，踩爛了一台坦克，往上更高一躍。

在高空上蓄足眞氣，拉滿弓，平教經咆哮：「爲王掃蕩！」

這頭遠古大怪物的眞氣化作無數道氣箭，從高空傾注而下，教底下的人根本無法閃避。

「火炎咒——炎龍傘！」

烏拉拉左手擎天，五指一張，一面超巨大的火傘迅速在掌上張開。

即使不願意，三個獵命師還是與漢彌頓以最快的速度躲進了這把火傘下。

不分敵我的箭雨將吸血鬼大軍殺了一個不分青紅皀白，靠近烏拉拉等人附近的吸血鬼士兵驚慌逃散。可這波凌厲的箭雨卻被烏拉拉這一把防護罩似的火傘給攔下，怎麼射也射不穿。

谷天鷹暗暗訝異。

雖然他不懂火炎咒，但要張出這麼巨大且厚實的火傘，而且要在這麼短促的時間內將火傘噴張開，加上要持續不斷地維持這種高能量的放出，這需要極強大的咒術能力！

自從上次分開，這個膽小鬼到底在這一段時間內又變強了多少？還是這個膽小鬼在上次跟他們交手的時候，根本沒有發揮百分之百的實力？

擔任過無數次祝賀者的老麥瞪著站在身旁、單手擎天不住流汗的烏拉拉。

這種勾肩搭背的距離，這種無暇他顧的緊急狀態，只要老麥伸手過去往烏拉拉沒有防備的脖子一絞，烏拉拉就死定了。

但老麥沒有。

他與灰頭土臉的初十七一樣，若有所思地打量這個詭異的男孩。

先不論他忽然出現援手這一種可以用「大爺就是單純想打架」來解釋的部分，烏拉拉想都沒想就用全力張出這麼一大片火傘，而非獨善其身的大小，就可以知道這個「膽小鬼」的內心住了一個非常想要保護別人的傢伙。

好像，這個膽小鬼並不是眞的如想像中那麼的膽小……

「快頂不住啦！」烏拉拉艱辛地大叫。

「就算你可以頂住，我也快被你烤焦了！」漢彌頓的頭髮都快燒起來了。

平教經的真氣之霸道，簡直到了源源不絕的程度，不斷在頂上大廈間高躍的他，居高睥睨，往下射吐的箭氣一波比一波更加凶猛。

要比持久力，平教經絕對不可能輸。

忽地，烏拉拉的火傘瞬間薄了一層，令幾道氣箭射穿下來。

以烏拉拉的咒力，隨時都有可能頂不住……

第557話

「……這是什麼！」

一個美國陸戰隊直升機駕駛員難以置信他所「看到」的景象。

五根巨大的手指就這麼從大廈後方掐過來，揣住這台雷鳥直升機，直接將它塞進旁邊的大廈裡擰爆……當然了，直升機沒有眞的被塞進一旁的大廈，但隨著駕駛員的瞬間腦死，這台直升機在空中盤旋了幾下，螺旋槳也就眞的砸到一旁的高樓，摔下墜毀。

「哼，螻蟻之輩。」

眞是太蠢了，就算知道是潛意識中了幻術，卻根本拿它沒辦法。

白喪站在高樓上的「幽影」裡，以巨人的視角睥睨著眾生。

這些白氏長老白喪的獨眼巨人，恐怕是這場超級大戰中最誇張的景象了。

這種極度不寫實的巨人幻影，高度可比特攝片裡的大怪獸哥吉拉，破壞力亦不遑多讓。也因爲極度的不寫實，所以要令這種逼近卡通的幻覺被敵人的腦意識說服吸收，難度極高，果然是長老級的白氏貴族才辦得到。

獨眼巨人一手甩著狼牙棒，一手五指箕張亂抓亂擰，駝著高聳的背，在高樓大廈間慢慢前進，一路爲日本自衛隊與牙丸禁衛軍承受美軍陸戰隊的火力。

長老白喪一口氣可以連結方圓三公里內所有生物的大腦，將七個獨眼巨人的幻影投射進去，居高臨下的話還可以將範圍擴大到五公里。但如果要長時間戰鬥的話，維持三個獨眼巨人的幻影能量才是眞正遊刃有餘的策略，這也是白喪現在對付美軍陸戰隊的方式。

話說這種超級大的獨眼巨人在古代作戰時，可是絕對必勝的指標，不管是陣容多壯大的軍隊見到了這種大怪物站在前方，軍心都會在瞬間潰散，不是被巨大的幻影大腳給踩死，就是在爭先恐後的敗逃中被同伴給踩死。

即使在高科技化的現代戰爭裡，這種鬼扯似的獨眼巨人還是很管用。

現在，就有三個恐怖的獨眼巨人大剌剌在東京裡逛大街，不是正拿著狼牙棒揮打直升機，就是用腳重重踩爛那些杵在街道上、盲目往巨人身上開砲的坦克部隊。

獨眼巨人隨隨便便的一個攻擊，都能對美國陸戰隊造成重大的傷害。

「請求總部導彈支援！請求總部導彈支援！立刻把這個巨人給轟掉！」

一個信號兵對著無線電咆哮：「我們對他的攻擊根本完全無效啊！」

「……回覆，雷達根本沒有掃描到你說的巨人！衛星也沒有監看到！」

來自第七艦隊航空母艦導彈指揮部的迅速回覆，這已經確認又確認了。

「怎麼可能掃描不到！聽好了！我們到這裡是來殺吸血鬼的，不是來跟這種怪物作戰的！啊啊啊啊啊啊啊……」

「總部！我們用雷射光幫導彈定位！快快快！左翼掩護！」

苦苦與不存在的獨眼巨人戰鬥的陸戰隊隊員們，手忙腳亂地用紅色雷射光射向與大廈一樣高的巨人，仔細一看，那些胡亂射向天際的雷射光竟有七、八束那麼多，可見這些驍勇善戰的陸戰隊眞的慌了。

有道是：「眼見爲憑。」

說不過在現場苦戰的陸戰隊，不到三十秒，從航母發射的導彈就來了。

威力驚人的導彈當然沒有射中根本不存在的獨眼巨人，卻擊中了地面的陸戰隊自己人，爆炸的威力之震撼，幾台坦克像火柴盒一樣被炸翻了好幾圈，陸戰隊的屍體「一塊一塊」地黏在街上各處。

「跟這種敵人要怎麼打！要怎麼打！」

一個陸戰隊隊員悲憤咆哮，扶著一個全身焦黑的夥伴逃命。

「空軍支援！出動戰鬥機轟炸啊！」

在剛剛的導彈誤擊中失去一條手臂的指揮官對著無線電嚎叫著。

現在也只能暫時撤退吧？

還沒有被獨眼巨人的幻覺殺死的美軍陸戰隊隊員們用最快的速度衝向獨眼巨人絕對擠不進去的窄巷，全速前進——全速逃命。

他們一點也不以逃走爲恥，因爲愚蠢地戰死絕對不是他們來東京的目的。

□

很遺憾，在長老白喪幻術範圍之外等待著他們的，是震耳欲聾的魔音！

超越人類所能忍受的巨大聲響，就在這些倉皇逃走的陸戰隊隊員腦中一一炸開，迷幻著前庭與半規管的正常運作。

最初的一分鐘，這些巨響僅僅是摧毀掉陸戰隊隊員的平衡感，讓這些人即使連扶著牆壁也會摔倒，抱頭蹲著也會搖晃翻滾，天旋地轉地嘔吐。

「再來再來再來再來再來再來再來再來再來再來再來！」尖銳的嘲笑聲。

再來的一分鐘，這些鑽進腦內的聲音越來越巨大，忽然，猶如有一顆原子彈在大腦深處爆炸，爆炸出一朵濃烈的蕈狀雲——這些年輕力壯的陸戰隊開始發瘋、哭嚎、狂流鼻血，甚至將手指插進耳朵裡，拚命地想把那些變態的聲音給挖出來，乃至最後挖出了一堆血。

許多人開始將頭撞向任何一個最接近頭的東西……也就是地球表面，一直撞一直撞一直撞，直到把頭撞爛了才能終結這份不存在的聲音。

最後無一倖免，這些陸戰隊隊員的意識都陷入了深度昏迷，漸漸腦死。

「哈哈哈哈，眞的是快笑死我了哈哈哈！哈哈哈你們也太容易崩潰了吧？身為軍人，抗壓性很不足啊哈哈哈！」

吐出一口漂亮的白色煙圈，白響嘻嘻哈哈地坐在彎曲的路燈上，極為滿意自己的幻殺表現。

迅速用腦波確認了四周安全，白響這才跳下。

他隨手拿起地上的一把刀，選了一個眼皮劇烈跳動的大兵，對準他的太陽穴上鑿出一個洞，然後拿出口袋裡的吸管插進去，大口大口地吸吮和著糊糊腦漿的新鮮血液。

「味道勉勉強強。」白響的表情卻不只是勉勉強強，而是很愉悅。

這個年紀輕輕的天才吸血鬼一向很討厭美國人。

他覺得這些曾經在日本廣島、長崎投下原子彈的美國人，老是以爲自己是世界警察，到處將別人的國家貼上恐怖份子的標籤，到處發動戰爭，到處定義什麼是正義——自以爲強大就是正義吧?!

這一天，世界大戰的第一天，能夠好整以暇地看著這些自以爲可以擊敗任何人的美國陸戰隊陷入深度的恐懼死去的模樣，實在是太享受了。

一想到這才是剛開始，白響就忍不住笑到吸管邊的血都滲了出來。

哈哈，哈哈。

「告訴你們，你們對待別的國家的方式，在日本是行不通的。」

踢著腳下還未死透的美國大兵的腦袋，白響眼神極爲不屑：「如果眞的有你們所謂的神，那麼，你們的神想告訴你們什麼眞理呢？眞理就是，既然你們的血液就是我們的食物，這就表示你們的神想告訴大家，你們人類就是註定好上我們血族的餐桌，哈哈，哈哈。」

哈哈，哈哈。

忽然白響停住了笑，嘴角還叼著那根扁扁的吸管，眼神不屑地轉過頭。

他看著躲在巷尾陰影的那一個人。

穿著深黑色西裝，肩上匍匐著一隻貓的那一個人。

「老早就發現你了，你們人類眞是蠢，自以爲鬼鬼祟祟躲得很好，卻不知道腦波是藏也藏不住的好嗎？」白響咬著的吸管兀自滴著血，又噗哧笑了出來：「瞧你這一副打扮，還裝一副酷臉……自以爲絕世高手是吧？」

「我不跟快死的吸血鬼廢話。」那一個人摸著貓的背脊，似是安撫。

「快死？我？」白響大笑，開始朝那一個人走了過去。

「……」那一個人卻往後退了幾步。

繼續走，白響臉上繼續著不屑的笑，心中卻開始有了異樣的不安。

這個人像是沒有自尊心似地，還是在後退，一直與自己保持距離。

……保持了一個剛剛好在自己腦波幻殺射程範圍之外的安全距離。

難道這個人知道自己的幻殺範圍嗎？

不可能。

自己的死亡交響曲幻殺範圍這個祕密，就連其他的白氏貴族都無人曉得。

絕對不可能。

白響停下腳步。

那個人也停下了腳步。

「你在害怕。」

「害怕？我？我怕你什麼？」

「你害怕，我知道了你的幻殺範圍。」

白響臉色一變，卻立刻獰笑出來：「知道又怎樣？還不是——」

話沒說完，白響以超猛的肌肉爆發力衝向那個神祕人。

這一招可是白響苦練多年的，迅速將敵人拉近幻殺範圍的「接近技」。

可就像是猜中了白響的心思，搶在白響衝出的前一瞬間，那個人便高高躍起。

高高躍起，很高很高，很高很高。

這一料敵機先的高躍，不只代表了他往上躍出了幻殺範圍，還代表著……

白響仰望著天空。

蜘蛛來了！

背後靈

命格：情緒格

存活：三百五十年

徵兆：肩膀很重，脖子很痠，腰很沉，整天無精打采像打了十次手槍，你以為是像泰國鬼片一樣被鬼偷偷騎在自己的脖子上，於是開玩笑似拿起相機自拍……結果幹真的就是這樣！！！

特質：特質個屁，就是被鬼騎脖子啦！

進化：背後有兩個靈、背後有三個靈、背後一堆靈

第558話

剛剛那是什麼掌力？

竟然比飛彈的破壞力還強！

陳木生還在哭。

白曙完全呆住了。

這個又髒又醜的傢伙哭什麼啊，這個男人完全沒有發現自己到底有多厲害嗎？

白窮與白竇不約而同看向白曙躲藏的位置。

「怎麼辦？就算叫白響或白刑一起過來，也不可能打敗這個男人吧？」白窮的聲音略微顫抖。

「應該想辦法通知白喪長老，請他用獨眼巨人踩爛這個人類！」白竇咬牙。

「至少白無長老的幻術一定可以制裁這個男人。」白窮用乾枯的聲音附和。

老實說，這兩個白氏貴族被打得信心全失，跟剛剛判若兩人。

「別傻了，絕對不能。」白曙難以承認失敗，至少，難以在長老前面承認失敗：「我們一定要想辦法憑自己的力量解決這個男人，否則這輩子我們是無法在長老面前抬起頭來了。」

對，不管怎樣都要幹掉這個……

怎麼樣也幹不掉的男人？

「每個人都有弱點，這個人類似乎很蠢……是了，蠢就是他的弱點。」白曙想清楚了：「我們不要停手，想辦法從他的弱點深入擊破！」

這個理論基本上沒錯，陳木生的確很蠢。

問題是？

一隻不起眼的小蜘蛛遠遠從高處落下，越落越大，等到牠不偏不倚落到白曙的頭頂上時，牠已是一頭比人還大的巨型虎紋蜘蛛！

白曙還沒來得及慘叫，蜘蛛毛茸茸的利嘴便啪答一聲直接咬中他的喉嚨，將乳白色的毒液汩汩送了進去，白曙死命掙扎，但怎麼可能有任何作用，蜘蛛的長腳像柔道選手的關節技一樣緊緊纏抱著白曙的頸。

喀啦喀啦喀啦，蜘蛛的巨力壓得白曙驟然筋骨碎裂。

「！」白窮察覺到白曙的腦波瞬間從激烈到消失，大驚回頭。

遠遠，一顆球形物事朝白窮用力擲過來。

……是白響！

是白響的破爛死人頭！

「啊！」

白窮一掌用力撥開白響的死人頭時，手心卻刺痛了一下。

是蜘蛛，一隻黏在死人頭上，擁有劇毒的薩依角斑蜘蛛，迅速咬了白窮一口。

強烈的麻痺感自指尖神經襲擊了白窮，一時呼吸困難，腳步不穩，別說施展幻術了，就連集中意識不讓自己暈倒都很艱辛。

此時白窮眼睜睜看著一個光頭男子，將躲在另一條街暗處的白竇揪了出來。

身穿深黑色西裝的光頭男子大剌剌將身形瘦弱的白竇按在地上，一拳揍下，然後惡作劇似塞了一隻巴掌大的蜘蛛到白竇的嘴裡。白竇哇哇哀叫，然後臉色發青死了。

這一切，當然也看在呆呆的陳木生眼裡。

「我不知道你是誰，只能說你是個笨蛋。」

這個神出鬼沒的光頭男子，正是獵命師長老護法團之一的廟歲。

廟歲擁有的命格「惡魔之耳」可以感應到周圍敵人的一切想法，以變應變，以不變應不變。換言之，廟歲可以查知敵人的想法從何處而來。這一招，正是白氏幻術的絕佳剋星！

「看在你也對殺吸血鬼很有興趣，姑且告訴你，要幹掉這些使幻術的吸血鬼，最快的方法是把躲在背後的他們找出來，然後……」

廟歲走到勉強站著、卻無力逃跑的白窮旁邊，一拳轟在白窮的胸口。

「然後像這樣。」

這一拳當然遠遠沒有陳木生的功力，但要擊碎根本沒有好好鍛鍊肉體的白窮的肋骨，是綽綽有餘。斷裂的肋骨倒插進白窮的肺葉，讓他在死之前好好領受一下生不如死的痛苦滋味。

抓了抓紋了蜘蛛刺青的光頭，廟歲冷冷地看著陳木生：「了解了嗎？」

陳木生猛點頭，說：「完全了解。多謝提點！」

哼，廟歲轉身就走。

隨手幫盟友解圍是可以，但他可沒興趣跟陳木生並肩作戰。

對這個驕傲的獵命師來說，跟大笨蛋聯手比獨個兒陷入苦戰還要可恥！

背後一堆靈

命格：修煉格

存活：四百年

徵兆：四周靈異現象不斷，隨手用iphone自拍都會拍到擠滿螢幕的鬼影，站在鏡子前面擠青春痘也看不到自己，因為鏡子前面實在是太擠啦！！

特質：你不是被鬼跟，也不是被鬼壓，而是根本就是一堆鬼的路隊長。但也由於如此，你的靈氣指數非常高！命格為了長期吸吮宿主的靈氣，會驅使這些幽靈的能量歸宿主使用，適時幫助宿主度過難關。

進化：修成正果

第559話

危急時刻。

圍在灼熱火傘之外的吸血鬼大軍，即將在火傘消失的瞬間衝殺過來，縱使在這些高手的眼中，吸血鬼三千大軍不過是三千隻雜魚，但加上始終用鐵弓氣箭保持距離的平教經，這場自己討來的苦仗還有得捱。

「完蛋了啦！」烏拉拉吃力地撐著火傘，大叫：「完蛋了啦！」

烏拉拉喊著完蛋，語氣卻是非常非常地生氣。

「……」谷天鷹等人不約而同看著這個怪小子。

「分開了那麼久，講好了我要努力變強，可現在……我連一個樂眠七棺的怪物都打不過，接下來要怎麼幫我哥哥打徐福那個老妖怪……」一向溫和的烏拉拉竟惱怒起自己：「死定了，我一定會被哥哥罵死的！」

雖然與平教經無怨無仇，但烏拉拉並沒有天真到在這一場非得幹掉徐福不可的最後戰役中，將負責守護徐福的武者當作同情的對象。雖然盡量避免在遇到徐福前與這些怪物正面交鋒，但，既然遇上了，不在這裡把平教經幹掉的話，到時候想幹掉徐福只有更加困難……

不是盡力，是一定要做到啊！

「混蛋啊！」烏拉拉生起自己的氣，越來越不是滋味：「我到底在做什麼啊！」

這一怒，烏拉拉手上的火傘慢慢地從四面八方向中心集中，聚攏成球，球面不及傘面的開闊，不斷落下的箭雨幾乎就要扎到大家的身上。

當火傘變成火球的那一刻，烏拉拉的怒氣達到了最頂點，火球陡然膨脹了兩倍大，大到烏拉拉幾乎就要頂它不住。

「……？」居高攻下的平教經沒有停止射落箭雨，察覺到了不對勁。

巨大的火球發出可怕的咆哮聲，正當平教經以爲巨大火球就要脫離烏拉拉的手轟向自己的時候，數百道……乃至上千道火箭從火球母體上衝射出來，射向高高飛躍在上方的平教經。

「什麼？」

平教經駭然，這些火箭的威力與自己射出的氣箭不分上下，爲數也等量齊觀。

轟！

往下暴落的氣箭與向上逆射的火箭在半空中鬥了個旗鼓相當！

保護眾人的火傘不再，三千吸血鬼大軍合圍而上。

「你這傢伙……」漢彌頓哈哈一笑，與老麥的身影同時衝出：「眞是太可靠了！」

「瞧爺的！」谷天鷹大喝，超巨大鏈球往四面八方衝來的吸血鬼大軍一甩，當眞是橫掃千軍。

「……殺不夠啊！殺！殺！殺殺殺殺殺殺殺殺！」初十七難以忍受自己剛剛被烏拉拉保護，現在若不大殺四方，根本無法平息心中不斷翻滾的躁鬱。

但他們並沒有離開烏拉拉太遠，因爲現在正與平教經單挑的烏拉拉，正是最脆弱的時候，只要他們一走遠，那些雜魚就會輕易將烏拉拉給幹掉。

火箭如雨，氣勢完全不遜於平教經的猛烈氣箭，平教經不禁怒了起來。

而烏拉拉正使用的招式，依稀在獵命師史上出現過——

無限火雨！

烏拉拉當然沒有看過數百年前憎恨烏家的老前輩高力之得意絕招「無限火雨」，

甚至連聽都沒聽過！但以烏拉拉的驚異天分，加上對火炎咒的熟悉與創意，令他在遭到氣箭威脅的關鍵時刻，產生想「以彼之道還施彼身」的念頭——與能力！

單單一隻手，就將龍炎傘轉化成無限火雨的招式！

「我要在這裡打敗你！」烏拉拉對自己的憤怒還沒消退。

「別太得意了！」平教經的驕傲不容許自己的得意招式被這小毛頭給追上。

兩人的單挑對決越來越白熱化。

不斷在高樓大廈頂上飛躍的平教經，手上沒停止過拉動鐵弓，他全神貫注，腳步卻漸漸變慢。

過了片刻，不得不使出全力的平教經停在一個大型銀行廣告招牌上，好讓自己的氣箭更加密集凶暴。他雙腳沉立，招牌登時出現承受不住的裂痕。

匡啷！

平教經身後的玻璃帷幕猛地破碎，但並非被逆射的火雨給射穿，而是被從玻璃帷幕內衝出來的一道黑影給從裡撞碎。

那道絕快的黑影比一枚砲彈還快，一把抱住專注與烏拉拉對決的平教經，牢牢地、不容絲毫妥協地、不可能有片刻掙扎地將平教經牢牢箍住，順著那道黑影突然破出的那股威力，平教經就這麼被抱著摔下！

摔下！

從二十七層樓的高度直墜而下！

擁有一身怪力，卻被緊抱得無法動彈的平教經，距離地面越來越近。

「百噸摔！」

半空中那黑影狂嘯。

奇變陡生，烏拉拉當然立刻停止了屬於他自己版本的無限火雨。

他目瞪口呆地看著平教經與那道黑影往地面墜來。

碰隆！

頭下腳上的平教經，就這麼直接以頭部撞在地面上，避無可避，腦袋與頸椎承受了百分之一百的下墜力道。

頸椎完全斷了，七孔流血，腦漿汩汩而出。

只有這個一摔，就直截了當地解決掉這一個遠古大怪物。

與其說這是恐怖的一招，不如承認，這是更恐怖的同歸於盡一招。

同歸於盡，但那道一齊落下的黑影卻有不想同歸於盡的本事，他毫髮無傷地在平教經的屍身旁站了起來。

扭了扭粗厚的頸子，拍了拍身上的灰塵與血漬。

壯碩高大的身軀猶如一尊威武魔神。

一尊，披著灰色皮膚的威武魔神。

「第三種人類軍團，赫庫力斯。」渾身肌肉的魔神看著兀自喘氣的烏拉拉。

「赫……赫什麼？」烏拉拉眞的快虛脫了，連手都沒力氣抬起來握手。

亂入的魔神自我介紹完畢，街道四周湧入了一波又一波灰色海浪。

槍聲，砲聲，骨血分離聲，哀號聲。

有條不紊的呼吸聲。

擁有尖端科技改造體質的第三種人類「灰色十字架」戰團，以救世主的姿態降臨，以絕對的強悍，迅速淹沒了這一支從冰存十庫釋放出來的三千吸血鬼大軍，其中有十幾個穿著黑色勁裝的灰色戰士使用高速飛轉的圓形金屬磁刃，更是極有效率地將吸血鬼殺得亂七八糟。

不由自主，老麥、初十七、谷天鷹、漢彌頓與烏拉拉圍成一個猶如旁觀者的圓圈，默默地觀看著這股帶著鋼鐵意志的戰鬥。

「奇怪，我看過這些黑衣人的戰鬥方法……」烏拉拉吹著手掌上的殘煙。

是了，那是自己在好幾個禮拜前，跟那個超會用鎖鏈的怪女人打鬥時，最後亂入的那些不知名戰士。一定是，他們一定隸屬同樣的部隊。這個世界上不可能再有人用磁力操縱這麼奇怪的危險兵器。

原來，他們早就決定加入戰局了？烏拉拉疑惑。

雖然局勢略定，但那名叫赫庫力斯的灰色魔神肯定還沒打夠，他像一台強化再強化的超級坦克衝進吸血鬼群中，銳不可當。

赫庫力斯根本無所謂招式，手一抓就擰碎敵人的腦袋，肩一撞就直接把擋在前面的所有人撞飛，遇到特別厲害的吸血鬼戰士，他便摔！

「那個赫什麼的，好像滿強的耶？」烏拉拉看到脖子都歪了。

除了強，烏拉拉還感覺到一股異樣。

「他們身上有一股很像命格的氣息，但又不那麼像……」初十七瞇眼。

「那是……『破壞王』？」老麥盯著肌肉飛彈般的赫庫力斯，臉色一變。

命格「破壞王」，那可是命格「石破天驚」的終極進化版，是老麥一直苦苦想追求的境界，有了它，燃蟒拳的威力豈止增加十倍？！

神器配英雄，這種超厲害的武鬥型命格「破壞王」出現在赫庫力斯這種強者身上原是再合理不過，可那氣息看在這些頂尖的獵命師眼中，卻有一種很奇怪的虛浮感？

只消片刻，失去領袖的吸血鬼大軍被屠殺殆盡。

戰局底定，疲倦至極的烏拉拉這才哼著奇怪的曲調，將一團白光拋到身邊，一臉迷惘的宮澤，與抱著紳士的神谷緩緩出現。

一旁的谷天鷹默默地喚出了自己的靈貓，從裡面叫出了命格「天一歸元」。

此命格能夠迅速回復宿主的能量，是在戰鬥中經常消耗大量咒力的谷天鷹最常使用的命格之一。但現在，谷天鷹一聲不響地將命格「天一歸元」插進了烏拉拉的肩上。

「……」烏拉拉抖了一下，剛剛失去的體力與能量正迅速復原中。

轉過頭看著谷天鷹，烏拉拉讚歎不已：「這眞是好東西啊！」卻沒道謝。

谷天鷹只是冷冷地看著這古靈精怪的臭小子。

幸好這小子沒道謝，不然自己眞不曉得該怎麼接話。

一身是血的赫庫力斯朝獵命師們走過來，彼此打量。

烏拉拉不禁「咦」了一聲，老麥也不自然地皺起眉頭。

他感覺到赫庫力斯身上的「破壞王」能量急速消褪，一眨眼，便什麼也不剩。

這眞是太奇怪了，眞搞不懂是怎麼回事。

「你們是來自哪裡的盟友？」漢彌頓扠腰，看著這一支實力強大的「友軍」。

盟友？

喔不。

「從現在起……」

赫庫力斯昂然道：「我們接手這一場戰爭。」

害群之馬

命格：集體格

存活：一百五十年

徵兆：有你待的田徑隊總是跑不贏，因為你老是在關鍵時刻出包。有你待的籃球隊連老人隊都打不過，因為你老是守人守個屁、投籃投個大便。只要有你在，大家都會被你害到，被你帶賽。

特質：命格吸食宿主周圍被帶賽的人忿忿不平的心情而成長，而這股不幸的力量也會慢慢累積，將宿主的人生推向滑稽的黑暗。

進化：不死凶命

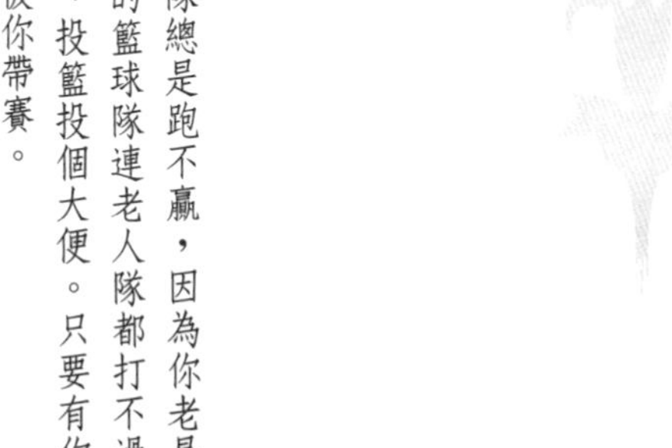

第560話

大獵命師烏禪的九龍銀槍，在七百年後依舊神威凜凜。
只是現在，它正可恥地握在敵人的手中。
它的榮光，它的驕傲，如今都成了一場反諷。

武藏坊弁慶，自八百年前就是戰神義經身邊無可替代的大將。
無可替代的原因，除了弁慶的超強，還有其不貳忠心。
當年義經決定以計謀巧取獵命師一族時，除了法力無邊的晴明外，只帶了勇武敢鬥的弁慶。單單三人，就合力殺滅了當時最強的幾個獵命師，種下了偽詛咒的種子。
弁慶是戰神義經的盾牌。
與阿不思、平教經約定好了的三路領軍衝刺中，弁慶一路格殺了不少陸戰隊現代化兵團，就連坦克與直升機亦非敵手，更殲滅了幾乎所有在世界大戰前夕便潛入東京與人類接應的獵人與特務。

明明弁慶所帶領的軍團傷亡過半，氣勢卻比一開始出發時要狂盛十倍。

這就是百戰百勝的魅力！

可就在剛剛，弁慶從無線電得悉了阿不思的軍團正受困於獵人軍團的猛攻、以及平教經大軍遭異常強大的人類軍團襲擊的消息，深重義氣的弁慶，決定放棄不斷往前進攻的路線，轉救友軍。

可現在，弁慶遇到了一個大麻煩。

一個全身著火的，超級大麻煩。

「到此爲止。」

攔在大街正中，一個男人坐在火裡。

不。

並非坐在火裡。

那男人本身就是一團火。

一團熊熊燃燒的，濃烈奔騰之火。

弁慶橫揚起手中的九龍銀槍，行進間的大軍立止。

「你是誰？」

這頭猛將感覺到，這個男人跟剛剛遇到的一萬個男人，都不一樣。

而這個男人，只有區區一隻手。

「敵人。」

火一樣的獨臂男子，一向言簡意賅。

而這個言簡意賅的男人，眼中只有一物。

不會錯，那支擁有九條銀龍的長槍，絕對是獵命師一族口耳相傳的烏禪遺物。

可九龍銀槍現在卻沒有像「詛咒」內容般，狠狠插在「魔王徐福」的身上。

顯然徐福已經掙脫了結界，爲了世界大戰準備出關。

很好。

從現在起，每一場架都要速戰速決。

男人從火中站起，其勢揚起了一整條街的烈焰。

「大，火，炎，咒。」

一瞬間流焰四射，大火呑噬了整個吸血鬼軍團。

而這個名爲敵人的男子，也在大火呑吐間倏地來到了弁慶的面前。

「正合我意！」

弁慶九龍槍刺出，霸氣萬千的一擊。

那男人不閃不避，一隻手……唯一的一隻手，就將長槍槍頭緊緊握住。

「……唔！」強者如弁慶，竟無法將長槍移動分毫。

「這槍，不是你的。」

火焰男子眼神剛毅地看著比他高兩個頭的巨人弁慶。

兩人就這麼以一柄長槍在中間僵持對峙，較勁氣力，誰也不讓誰。

而火焰男子全身無時無刻都爆發著驚人的火焰，弁慶卻沒有移動分毫。

「強者有所不爲，爲何如此踐踏我的國家？」弁慶怒目，青筋爆額。

「踐踏？更過分的事我還沒開始做！」火焰男子怒髮衝冠。

弁慶沒有持槍的左手，一拳往下重重轟出，揍得火焰男子幾乎要趴倒地上。

可火焰男子的手依舊牢牢地抓著這把長槍。

忽地，肩低身斜，火焰男子空空如也的右手斷腕處爆湧出難以置信的力量，充滿狂暴能量的「一拳」朝巨人弁慶的正臉回敬轟出。

這是何等超強又恐怖的暴力一拳！

弁慶巨大的身軀在空中翻了數十圈，一路連翻帶撞，撞毀路燈、招牌、商社標誌、住屋陽台，直到撞上了遠處的大廈天台水塔才終於停了下來。

可弁慶也沒有鬆手。

他血淋淋的右手鑄鐵一樣頑強地抓著九龍長槍槍柄，沒有放開。

所以，這仍是一場難分高下的平手。

「好漢子。」

火焰男子冷道，聚氣將弁慶握住長槍的斷手瞬間燒燬。

烏霆殲。

擁有一拳解決樂眠七棺實力的男人。

重新。

燃燒登場！

絕對正義

命格：情緒格

存活：兩百年

徵兆：一看到報紙上的社會犯罪新聞，就會氣到想要聘請殺手幹掉凶手。一看到有人不讓博愛座，就直接伸腳往對方的臉踹下去。一發現有人考試作弊，就直接走過去將對方的考卷撕掉。這已經不是想法或觀念上的問題了，你會無法克制自己動手使用暴力以逞正義的奇怪慾望。

特質：説是絕對正義，感覺上是很正義，但凡事太盡便不通情理。宿主對正義的過分執念就是命格最佳的食糧。

進化：修成正果

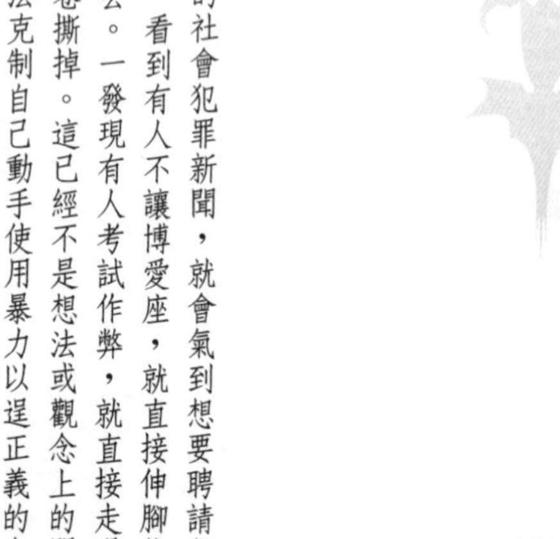

第561話

又開始了。

路面的質地慢慢變軟，像是充滿彈性的橡皮，然後軟化成了果凍，漸漸又融解成了黏稠的液體。只一眨眼，這條街已變成了充滿泥濘的大沼澤。

「陷入腳下的地獄吧。」

白仲坐在三樓敗破的一間服飾店角落，用城市電眼系統監看街上的一切。

吸血鬼獵人平日所對付的吸血鬼，根本沒有幻術一派，即使是經驗豐富的「雅典娜之劍獵人團」也一樣，只有耳聞白氏貴族的手段，卻沒有眞正碰著過。

剛剛白仲在秋葉原裡布下了鋪天蓋地的泥漿幻境，已經害得一支坦克部隊自以爲陷入了泥沼深淵，一百多個陸戰隊死於無法掙扎的窒息。

現在，面對吸血鬼獵人團雅典娜之劍的小組組員意氣風發地壓了進來，白仲也是一模一樣的做法……

泥漿軟化了獵人們腦意識裡的腳底地面，無止盡地往下沉、往下沉、往下沉……

「豈有此理?這根本……」

雅典娜之劍的小組組長藍穆,愕然地看著腳下離奇液化的路面。

「這一定是白氏的幻術!快跑!」

不知道是誰先開的口,每個獵人都想拔腿就跑。

但這些努力當然都是失敗的,因爲泥漿在所有人的腦意識中質地極軟,一踩就深陷其中,無法自拔,越是掙扎,下陷的速度就越快,尤其大家揹負在身上的武器裝備都很多很重,自我意識中下沉的速度又更快了。

「快快快!快抓住什麼!」

「不要拉我!不要拉我!!」

「這種幻覺有什麼好相信!大家集中意識!」

「閉上眼睛,深呼吸……屏除恐懼……啊啊啊啊啊啊誰拉我上去!」

很好,就跟剛剛一模一樣。

這些看起來比陸戰隊還要可靠的吸血鬼獵人,本質上根本沒什麼差別。

下場呢,也不會有兩種結果。

從現在起白仲所要做的,很簡單,就是將自己安安穩穩藏好。

「誰來做一些像樣的抵抗嘛。」

白仲看著監視器畫面，得意不已：「每次都那麼輕鬆，我也會覺得很無聊的。」

爲什麼選擇泥漿當作幻術的主題，來自於白仲相信，不管你生出再如何厲害的妖怪，都可能被打敗。不管是一千頭噴火飛龍、巨大的怪獸或滿街怪跑怪叫的喪屍，遇到了絕世高手，都可能遭到擊敗。所以他至爲推崇「感覺系」的幻術，那才是最接近無敵的境界。

但能力有限，白仲無法製造出如白無長老那種「無限壓力」的幻術，也沒辦法像白常長老製造出令人天旋地轉的空間扭曲，白仲的幻術級數介於「具象系」與「感覺系」之間，所以他選擇了發展介於兩者間的「泥漿」——有形有質，卻又可以發揮出接近感覺系的絕望感：「一旦踏進了泥沼，就不可能再爬起來。」

偶爾，白仲會走在夜晚的東京街頭，隨機對路人施咒，看著路人在大街上慘叫：「我快沉下去了！誰拉拉我啊！」然後莫名其妙死去，白仲就覺得非常有趣。

尤其是情侶，熱戀中的情侶，白仲最喜歡玩弄情侶中的一方，當男友看著熱吻中的美麗女友忽然在他的面前屈膝倒下，女友焦急地哭喊救救我，最後還是不免窒息而死，那種完全無法對心愛的人伸出援手的絕望與恐懼，那種崩潰的表情，眞是，太，美妙了！

現在，舉世聞名的吸血鬼獵人團「雅典娜之劍」也拿白仲的幻術沒輒，一個接一個軟趴在大街上，連掙扎都快沒有力氣。

畢竟這些吸血鬼獵人要對抗的根本不是吸血鬼，而是泥漿啊！

組長藍穆可是實力足以與喀斯特爾打成平手的級數，他當然很不甘心，努力伸直手臂，搆著遭砲擊倒塌了的電線桿奮力向上，再用力往上躍。

「喔，不錯喔。」

白仲讚許有加，隨即在藍穆腦意識中的城市牆面，皆塗上了一層厚厚的泥漿。

只見藍穆即將用手抓到二樓的牆緣時，只抓到了一團滑不溜丟的泥漿，硬生生又掉落下去，摔在一團泥漿之中。此時藍穆想重新抓住路邊的汽車或電線桿時，手指所觸還是泥漿，完全沒有著力點。

看來，藍穆是無法完成任務了。

「通報……雅典娜之劍其餘攻擊小組……這裡是藍穆的最後警示……」

自知無法生還，藍穆趕緊按下無線電對講機，保持最後的冷靜：「B1624街區有白氏幻術結界，全員無法突破，幻術爲泥漿……請務必……」

身爲一個戰士，這是他唯一能做的。

一代猛將藍穆就這麼蜷躺在大街上，躺在他領導的雅典娜之劍小隊隊員旁，呼吸困難，心肺功能衰竭而亡。對他來說，這種死法根本不是戰鬥，所以他的死相充滿了難堪與屈辱。

這個表情，實在是，太，美妙了。

白仲笑了。

但也笑僵了。

一種奇異的不安感將白仲的笑臉凝滯住，他想站起來躲到更安全的地方，卻發現自己的腳無法動彈，像是完全不屬於自己般的沒感覺，沉重地黏在地板上。

「這……」白仲大驚，卻沒辦法變換表情。

因爲他的笑臉確確實實地凝滯在剛剛勝利的一刻。

一個女人的聲音直接鑽進他的腦袋裡，在意識深處開口……

「終於遇見你們了，傳說中的白氏一族。」

白仲想開口回答，嘴唇與舌卻絲毫沒有感覺，臉部的肌肉都脫離了自主意識。

「妳是誰！」白仲在心裡怒吼。

「我叫梅杜莎。在你昏迷前請謹記我的名字，這是手下敗將的道德責任。」那聲音跟剛剛的聲音不大一樣，但也是個女人。

「出來！」白仲的手指也沒有感覺了，完全動彈不得。

「現身是幻術者的大忌，不過，那又如何？」又一個新的女聲傳入白仲的腦中，語氣輕蔑：「從來就沒有人可以擺脫我的石化攻擊，即使是傳說中的白氏也不例外。」

白仲只剩眼球可以移動了。

他瞪著從陰影處慢慢「爬走」出來的「梅杜莎」。

灰色的皮膚，灰色的瞳孔，灰色的肌肉紋理，灰色的……三顆腦袋。

三顆女人相貌的醜陋腦袋，以離奇的手術手法連接在一個比例怪異的身軀上，頭重腳輕，壓得背脊都駝了下來，可這個軀體的手又過分得長，手掌直接觸及地板，以獸的姿態撐住了身軀，一個畸形的小巨人似地。

格外突兀、格外驚心的是，另外還有一顆女人的腦袋，更以亂七八糟的手法黏結

在這個怪物的背脊上，突兀到讓人頭皮發麻。

「凱因斯大人幫我們安裝的這顆新腦袋，還眞是管用啊。」居中的頭顱讚許有加，轉頭看著那顆新黏上背脊的腦袋。

「沒錯，重一點兒還是値得。」左邊的頭顱也顯得欣喜，對著新腦袋微笑。

那是海菊。

日本血族特務組織「神道」的英雄。

海菊在美國的祕密活動中遭梅杜莎活捉之後，就被送往海底城，她那擁有超級幻術能力的腦袋，經過了Z組織割除記憶的變態手術，最後變成了一顆只會服從命令的「腦波基地台」，可悲地黏著在梅杜莎的背脊上。

該說可惜，還是幸運？海菊是吸血鬼，吸血鬼暫時還無法透過基因改造手術「進化」成第三種人類，所以她並無法完全融入梅杜莎，所以並沒有被灌輸「新的記憶」與「新的個性」，只是以「外掛」的方式暫時胡亂拼湊組合，單純提供能力。

雖然海菊的「幻蛇攻擊」已隨著記憶的消逝不復存在，但身爲「腦波基地台」的她，可以大幅強化原始的三顆腦袋的腦意識，還能夠發揮阻絕探察的精神屏蔽功能，亦即，阻絕其他幻術能力者的腦波探察，好讓射程範圍不大的梅杜莎可以輕易地靠近任何一個幻術能力者。

被剃了光頭的海菊雙眼半睜半閉，額上還留著懶得修飾的粗糙手術縫線，嘴角淌著口水，滴滴答答……滴滴答答……

這竟是血族英雄的悲涼命運。

白仲瞪著這醜陋至極的怪物。

這種程度的醜陋東西，就算是地下皇城的基因移植實驗也很難造得出來。

但這個怪物的精神力與她的醜陋並駕齊驅，剛剛不管白仲如何運用自身的腦力想掙脫囚禁了自己的幻術，卻一點效果也沒有，石化的程度只有更加嚴重。

「眞可惜，現在正是這場戰爭最好玩的時候，不然一定可以留下你的性命，慢慢帶你回海底城……」灰色的細長手指憐愛至極地在白仲的臉上搔刮著，梅杜莎右邊的頭顱嘆氣。

「回海底城接受凱因斯大人深具創意的手術，將你永遠黏在我們的身上……」梅杜莎居中的頭顱接著也一嘆。

「貢獻你優秀的腦，成爲我們的一部分。」梅杜莎左邊的頭顱更是嘆息：「唉，我們期待有男人加入，已經好久好久囉。」

白仲憤怒地看著梅杜莎，心中卻極度驚懼。

「殺了我！」白仲在心中狂吼：「有種就在這裡殺了我！」

三顆腦袋同時笑了，笑得花枝亂顫。

完全石化了的白仲，只能勉強保持最後的意識。

「說什麼啊？」梅杜莎三顆頭顱異口同聲：「沒辦法縫在身上的腦袋，當然就只有現場處理掉的份啊。」

一伸手，啪答。輕鬆寫意地將石化了的白仲扭斷了頸子。

當然不是武鬥派，但這種程度的攻擊梅杜莎還行。

「或許只有我，才是阿不思的剋星呢。」

梅杜莎很期待，與血族傳說阿不思的戰鬥……

不小心剪出一個爭議性很高的電影預告

命格：天命格

存活：三個禮拜

徵兆：你自以為好笑的梗，其實很下流很低級很變態，你都知道，但還是無可自拔地剪出一支很畸形的電影預告，搞得雖然有一半的人覺得電影真好笑，但也有一半的人覺得你的電影很低級下流爛透了，雙方轟轟轟大爆口水戰，你不免震驚，不免無奈，但除了反省之外也沒別的牆可以撞了。

特質：特質個屁。

進化：三支非常強的第二波電影預告

第562話

「我找了一百年！」

這場戰鬥或許可以稱爲，獵命師與吸血鬼的第一種子代表賽。

雷與刀，巔峰與絕響。

傳說鬥傳說。

聶老如電，指尖雷劍斬出：「看看你是不是夠格稱爲劍聖！」

「總之輪不到你！」

宮本武藏單刀曲臂一擋，盾化的刀氣將強大的雷劍給硬生生攔住。

幾乎在同一刻，劍聖的短刀飛快劃向聶老雙眼——卻只劃到了一道雷電殘影。

……聶老已站在宮本武藏的身後十丈之處。

「嗯。」

聶老將剛養不久的小靈貓揣在手上，低聲唸咒，掌上的靈貓幻化消失。

這個看在敵人眼中莫名其妙的舉動，卻是聶老對眼前敵人的認可。

「龍——長嘯！」

宮本武藏的雙刀猛力一送。

兩道極其霸道的刀氣衝向聶老，所經之處地表狠遭撕裂。

聶老不閃不避，正面迎擊，巨大的雷氣從聶老的雙拳交叉處迸發。

聶老扛起蓄滿電氣的右手，一掌斜斜朝地拍轟。

「雷崩！」

狂暴的雷氣，由上而下，直接將來到聶老面前的兩道刀氣給砸進地底下。

深深的地底下爆出一陣沉悶的震響。

宮本武藏雙腿一箭，瞬間衝來到聶老面前。

「龍牙！」

長刀一斬，卻只斬到一團雷影。

聶老的眞身閃電般來到宮本武藏的身後，蓄滿電氣的手刀直取脊脈。

「迴龍釘！」

看也不看，宮本武藏短刀反手一砍，擋住了來自背後聶老神速般的反擊。

但聶老的速度可稱閃電，就絕對不是這種程度的殘影而已——

就在宮本武藏擋住聶老的背襲時，十幾個聶老用電氣飛轉的殘影同時包圍著宮本武藏，忽地十幾個聶老同時出手，根本無所謂虛虛實實，十幾道貨眞價實的雷氣從四面八方貫穿宮本武藏的身體。

宮本武藏大喝一聲，先天刀氣從身上四射而出，完全防禦住這一波的雷襲。

可聶老眞的快得要命！

「雷速！」

只聽得這麼一叫，宮本武藏的雙腳就給拔開了地面。

當宮本武藏的身體橫飛在半空中的時候，他才意識到剛剛自己的右臉被這個白髮蒼蒼的老頭給一拳轟中。

這拳不僅快，還很重！

不但重，還是電力奔放的狠狠一拳！

有什麼理由等宮本武藏落下？

啪茲——聶老的身影驟然出現在高空上，往下又轟。

「雷落！」

「！」

宮本武藏在半空中以雙刀架成十字，用力防禦了這一道沉雄的落雷。

但雷氣就像來自天神的一巴掌，狠狠地將宮本武藏用力轟到地面，發出好大崩地一聲，還濺起了瞬間被強大電力給氣化了的焦土。

「好厲害！」大字形摔在地上的宮本武藏的牙齒冒電。

迅速地用刀架起身體，這個劍聖是真的很興奮很興奮，這種敵人當真是睡了幾百年才有辦法遇到一個，如果還嫌棄的話就……

「太奢侈了！」

宮本武藏長刀旋轉刺出，刀尖上颳起急速噴旋的怪風：「龍捲風！」

聶老半點不讓，掌上疾轟：「雷風！」

炸裂！

兩個超級大怪物一來一往，起先是聶老佔了上風，但一直被狂電的宮本武藏也迅速暖好身，開始習慣了這種層級的打架，於是雙刀流的霸道精髓終於展現。

宮本武藏短刀咬出，長刀直進：「龍追月！」

「！」聶老手指駕馭的雷劍，差點擋架不住劍聖直取咽喉的長刀。

刀氣割破了聶老的臉頰，但聶老突然暴漲的雷劍也刺傷了宮本武藏的肩。

空氣中連爆數響。

刀氣吞吐，當眞如龍影飛閃。

絕對不是全神貫注的「以招拆招」，而是恣意狂放的「狂亂暴砍」！

這才是日本劍聖從未展現出來的眞正實力！

「群龍亂舞！」

往前衝鋒的宮本武藏暴吼，只有兩把刀，卻在瞬間砍出了一百刀的大亂擊。

這種遇神殺神的大狂招根本無法抵擋，聶老也根本不會選擇抵擋！

「大！雷！劍！」

聶老雙手合掌，迴身一斬，凶猛的雷氣咆哮而出。

欲以驚天霹靂的一大斬，盡破劍聖的狂亂百刀。

颯！

兩人身影交錯。

宮本武藏咬著牙，發顫的牙尖咬著一股金色的電氣。

聶老的肩上破出四道銳利的血口，血如箭射。

這兩個超級怪物終於遇到了，彼此都可以用「棋逢敵手」四個字的好對手了。

那麼……

「疾龍咬！」「雷轟！」「迴龍釘！」「雷索！」「龍牙！」「雷殘！」「龍奔鳳！」「雷速！」「龍暴風！」「再雷速！」「龍瀑！」「雷劍！」「龍——吞日！」「雷劍！」「龍牙！龍牙！」「雷雨！」「龍不破！封！」「雷盾！」「龍擺尾！」「雷風暴！」「龍捲風！」「雷轟！」「雙龍擺尾！」「雷劍！」「迴龍釘！再釘！釘！」「雷殘——雷轟！」「龍斬首！」

宮本武藏的刀斬開了聶老身後的樓柱。

聶老飛身，手指指尖爆出劍形，雷電回斬——

「雷劍！」

第563話

轟！

明明是風和日麗，在這一望無際的草原上卻響起了無數令人費解的雷聲。

那雷不是從天上打下來的，而是從一個年約七十的老人身上不斷釋放出來的。

轟轟轟轟，那些大大小小要命的雷全轟向一隻神奇的老貓。

而老貓不住閃躲，揮動著毛都快掉光了的老尾巴將快要打到身上的雷電給掃開。有時老貓怪叫幾聲，同樣從身上轟出反擊的雷電，朝老人身上招呼，而老人有時閃躲，有時用手上的劍形雷電將老貓發出的雷電給架開。

一人一貓都用雷電轟在彼此身上，看似戰鬥，其實只是驚險的練習。

那老人當然不是普通的老人，而是比現在年輕半個世紀的聶老。

從三歲開始，聶老最一開始學的咒術是斷金咒，然後是火炎咒，再來是大明咒、鬼水咒、聽木咒、土呑咒……每一種咒術對他來說都是易如反掌的玩具，只要他認眞起來，一個月內就可以掌握新咒術的變化關鍵，再一個月就可以超越原領域的所有人。

到了四十歲，根本無人是聶老對手。

終於白線兒從華山之巔將他喚了過來，親自教他最終極的咒術，雷神咒。

四十歲的聶老自信滿滿地進入了雷神咒的領域，學了十年卻連電燈泡都點不起來。又過了十年，他才對雷神咒開了竅，但饒聶老是何等的天縱奇才，也只能將雷神咒使得差強人意。

又過了第三個十年，聶老的雷神咒才真正有「雷神駕到」的架勢，這時聶老才獲得用雷神咒與白線兒對打的資格。也就是現在。

轟！

老貓蓄滿雷電的尾巴攻勢千變萬化，而聶老手中的雷電攻勢同樣層出不窮。

但打了又打，卻漸漸看出兩者施咒的相異之處……

老貓暫緩了攻勢。

「小聶，你似乎太執著將雷神咒拘泥在劍的變化上。」

對聶老說話還帶著教訓口氣的老貓，當然是當今獵命師唯一的領袖，白線兒。

「……」聶老跟著停手，思索著白線兒方才的告誡。

的確，自己駕馭的雷電常常都處於「雷劍」的狀態，雖然長短伸縮自如、威力大小得心應手，卻還是僵固在「劍的形態」，以「兵器互擊」的方式與白線兒的尾巴雷電比拚。

白線兒點點頭，說：「再來。」

閃電又開始互擊起來。

這次聶老刻意地用了許多「不是劍形」的雷電攻擊，比如雷崩、雷轟、雷殘、雷索、雷風暴等等，也用得相當之好……就跟獨自練習的時候一樣。

但打了片刻，當白線兒的尾巴放出的閃電越來越強的時候，聶老又不自覺地用了許多的雷劍招式，而且越使越快，越快越順——越順越強！

到了後來一百招，竟然招招都是雷劍。

招式沒有特殊變化，只有純粹的劍形，可聶老斬得興發，也顧不得這些了。

「一直用劍，你當眞以爲你是劍客來著？」白線兒的尾巴不屑地掃開了雷劍。

「……不，並非如此。」這把年紀還得挨罵，聶老只有皺眉的份。

「那這種招式，你要怎麼用雷劍抵禦？」

白線兒瞇起眼睛，雷電激光頓時從四面八方轟向聶老。

這一招若要有解，第一直覺應當是施放大量電氣護住周身的「雷甲」吧！

「！」

聶老卻沒有使出雷甲，而是以直覺掃出更強化的雷劍，以捲代刺，將這些雷電快速捲在雷劍身上，雷劍頓時暴漲數倍，能量強到幾乎要震離聶老的手。

這樣也行？

不過白線兒瞬間跳出戰鬥的圈圈之外。

還想繼續打下去的聶老只得收手。

「雷者，乃天地正氣的匯聚，就連最強的邪魔也望之生懼，姜公當年的飛仙命技，便是飛升至九霄之上，強引天雷斬妖。姜公已逝，飛仙不再，我在諸山間不斷鑽研如何飛升引雷，直到前一百年才領略創發了雷神咒。」

「……」

「雷乃至剛至陽，剛過了斷金咒，陽過了火炎咒，過去獵命師所操的咒術，無一能夠在力量上與雷神咒並駕齊驅，雷神咒可說是獵命師命技『威力』之最。」

「……」

「而雷之強，不僅在於威力強大，也在於絕對無形，雷之無形更勝鬼水咒，只在大明咒之下，雷電招招無形卻又一閃而逝，教敵人無從破起，一刻斃命。」

「是。」

「你以劍馭雷，便賦予了雷以劍形，招式一有了形，不管是刀槍棍棒劍，就有理路可循，一有理路可循，便有常理破法。所謂的雷電之快，就僅僅是招式之快，而非無形之快，這兩者間的差距一天一地。」

面對白線兒的批評，聶老無話可說。

或許直到挨罵了的此刻，他才眞正確認自己心中的某種情懷。

第564話

從小天才橫溢的聶老，心中其實有一個憧憬的男人。

要知道，對戰無不勝的聶老來說，可以擁有這麼一個真心憧憬的男人，是一件多麼奢侈的事。

可這個接近偶像般的人物，並非比他厲害許多的白線兒，也不是傳說中史上最強的獵命師烏禪，更非活在神話世界裡的姜公。而是……

那一個男人，並不是獵命師，而是一個普通至極的凡人。

這個凡人在沒有特殊血統的加持，且在無人教導的情況下，單單靠著自己日夜不斷的努力與挑戰諸方高手累積實戰，竟悟出了先天刀氣，實力大幅超越了當代的劍客。

接著，在沒有特殊的個人仇恨下，僅僅是天生的正義感使然，這個男人在充滿吸血鬼的東瀛國度當起了獵人。

沒有夥伴，沒有戰友，沒有終點，他就像一頭孤獨的魔獸，在怪物掌權的國度裡四處獵殺怪物本身，越獵越強，其名聲之大震動到東瀛之西的神州中原。

當年聶老的曾祖父為了親眼一睹這個東瀛最強、且唯一的吸血鬼獵人之風采，曾暗中搭船遠赴東瀛。最後他喬裝成一個漁夫，搖著槳，送那個男人到一座海島上與另一個號稱天下無雙的男人決鬥。

男人獲勝了，贏得了名動天下的稱號——劍聖。

擁有劍聖之名的男人是真正的強者，宮本武藏。

十之八九，那一個叫作宮本武藏的吸血鬼獵人不會有自己強吧？雖然沒有憑據，但聶老認為自己在「強」這一點來說，可以是白線兒之外的任何人的，十倍。

所以聶老敬佩的並不是男人的強，而是那一個男人強悍的生存之道。

宮本武藏不像獵命師一樣擁有神奇的血脈，也沒有來自宗族系統的奧援。

他只是一個人。

區區的一個人，卻有區區一個人在吸血鬼國度大殺四方的勇氣。

比起那區區的一個人，聶老只是區區的天才，區區的強。

驕傲的聶老很珍惜他對宮本武藏的嚮往。

他一直很想知道強者如宮本武藏最後爲什麼會加入吸血鬼的陣營，變成樂眠七棺的武士，他堅信其理由絕對不是被招降。沒有一絲一毫的可能。

但又爲了什麼呢？沒有人知道，這也是聶老心中的謎。

終究肯定是對宮本武藏的這一份欽佩與嚮往，讓聶老在使用雷神咒的時候，不知不覺用了無數次「雷劍」的招式。在聶老的心中，所謂的最強者，一定是用「劍形」。

——就跟宮本武藏一樣。

而現在……

第565話

轟！

「龍噴！」「雷劍！」「疾龍咬！」「雷劍！」「群龍亂舞！」「雷劍！」

「龍十字！」「雷劍！」「雙龍閃！」「雷劍！」「龍攏尾！」

「雷劍！」「雙龍奔鳳！」「雷劍！」「龍追月！」「雷劍！」「龍牙！」

「雷劍！」「龍暴風！」「雷劍！」「群龍亂舞！」「雷劍！」「龍閃！」「雷劍！」

身受重傷的兵五常看到目眩神馳，感動得不能自己。

而東京五豺在旁邊也看得目瞪口呆，完全沒有要去霸凌兵五常的閒暇。

眼花撩亂。

這眞是太厲害了的眼花撩亂！

他們連在一旁吶喊助威的間隙都找不到，更實在地說，這些層級完全不同的傢伙必須全神貫注地盯視這一場打鬥，戒慎提防，才不會被突如其來的大招給掃上西天。

宮本武藏隨隨便便揮出的一刀，其霸氣都足以劈開這個世界上最堅硬的物質，但他這次的對手是無形無質的雷！

聶老此生根本沒有打過超過一分鐘的架，現在卻遇到一個他怎麼打也打不死的頑劣份子，眞是美妙得豈有此理！

宮本武藏的刀砍中了聶老的胸。

聶老的雷砸中了宮本武藏的臉。

轟！

宮本武藏身後的雲被雷斬成兩半。

聶老身後的大廈被刀砍成兩截。

轟！

到了後來，這兩個超級怪物的招式都沒有名字。

根本來不及擁有名字的新招式從他們倆的手中不斷爆炸出來，不……

不只是招式，這根本就是眼花撩亂的力量之戰。

「太可惜了小鬼！」聶老的雷劍斬轟了不知名的一招：「如果你不是吸血鬼，我會考慮讓你活過今日！」

「小鬼？」宮本武藏不屑地回敬了不曾存在的一招：「我恐怕比你大上幾百歲吧！自以爲是的老傢伙！」

語畢，轟地一聲，兩頭怪物不約而同後摔了十幾步。

這不是默契，而是兩個人同時挨了對方重重的一擊。

兩人對望。

宮本武藏哇哇哇吐出一口冒著血煙的閃電，深呼吸，禁不住又吐了一大口。

聶老也不好過，其左手手指疾點胸口三穴，一運氣，從右手指尖將剛剛積壓在胸口的刀氣給逼出。刀氣從指尖射出，砍得腳底下的地表裂痕累累。

兩人凝視對方。

看似氣氛肅殺的超酷對峙，其實根本就是不得不停下來休息罷了。

這場架，從一開始就無關獵命師與吸血鬼的勝負。

而是兩個男人之間的強弱。

東京五豺，兵五常，只能呆呆地站在遠處觀看，無法插手。

雙刀微顫，顯然用力過度。

宮本武藏胸口劇烈起伏，這個大怪物竟然在喘？

此時此刻的他，肯定是擁有生命以來最強的時候。

因爲他遇到了生平最強的敵人。

偶像啊……

朝思暮想的偶像就在眼前啊……

聶老伸出左手。

年輕時的聶老曾幻想過無數次見到這位朝思暮想的偶像時，他要說什麼話？

他該做什麼？

可以一起在月光下豪飲大醉嗎？

可以一起在小舟上徹夜歡唱嗎？

可以超越敵我立場好好說一夜的話嗎？

都不是。

那些，原來都不是聶老眞正想要的答案。

聶老伸出的左手，掌間白光彈現，幼小的靈貓緩緩出現。

低聲清唸，血咒紛飛，命格「雅典娜的祝福」從聶老的身上消失無蹤。

再唱曲，白光又現，負載了珍奇命格的小靈貓再度回到安全的異空間。

看在武痴兵五常的眼中，肯定是認爲，聶老不願意藉著「雅典娜的祝福」的命格力量戰勝強敵宮本武藏。這是男人的驕傲，令他更加欽佩聶老的強者姿態。

但，兵五常只對了一小部分。

「雖然不曉得你做了什麼，但你似乎變弱了。」

宮本武藏皺眉，胸口的起伏變緩了些。

「不，是變強了。」

聶老淡淡地低下頭，輕輕握起爬滿老人斑與皺紋的拳。

強大的雷氣從聶老的身上猛烈膨脹，旋即返向壓縮，擠壓回體內。

天啊……

這個老人剛剛竟然沒有使出全力！

就連宮本武藏也呆住了。

或許那老人剛剛使出的力量還不到現在展現的一半！

無比清晰的雷劍從聶老的手中示現。

雷劍，兩把。

因為他的偶像正是天下無敵的雙刀流。

「從現在開始，我會拚了命地打敗你。」

聶老凝視著宮本武藏的眼睛：「我不會停手，不會留力，更不會留情，每一劍都會比剛剛快十倍，強十倍，殺十倍。我會，拚命拚命地打敗你。」

沒有了「雅典娜的祝福」，聶老終於可以放心地用全部的實力對付宮本武藏。

他終於可以不用特別停手，特別留力，特別留情，只爲了與他的偶像親近。

他終於可以，用最五體投地的方式，向他的偶像表示敬意。

雷劍迸發出來的強氣掃開了聶老周圍，飛砂走石無一不竄滿了金黃色的雷電。

太強了。

這個男人絕對可以與沉睡在翦龍穴底下的最後魔王一對一。

宮本武藏笑了。

像一頭猛虎一樣笑了。

這個笑，絕對不是對死亡有了覺悟的笑。

這個笑，也不是淡薄勝負的灑脫的笑。

這個笑，大大撫慰了聶老對宮本武藏的崇拜。

因爲這個笑，只有一個意思……

「我才要打敗你！」

宮本武藏大笑，全身刀氣暴漲，猶如魔神降世。

「千萬別辜負我啊。」

聶老扛起雷劍，揮出兩人間再度勝負的第一劍。

這可是，身爲粉絲的基礎禮節啊！

大笑之歌

命格：情緒格

存活：一百五十年

徵兆：你隨便開口說話，就會惹人發笑，好像每一句話都充滿了笑點似地。就連老師叫你起來回答問題，你一開口，全班就大爆笑，連老師也笑在一起。你不免很煩惱，因為你每次去告別式發表格外感傷的別離感想，底下的觀眾也是笑到一個流淚。唉，啊是笑三小！

特質：命格吃食宿主周圍的笑聲而茁壯，所以會先投資一部分的能量在渲染宿者言語中的笑點。此能力能夠使宿主人緣變好，無論如何是難得的好命格，也是綜藝節目主持人最想得到的命格

進化：四面楚歌、滄海一聲笑

（翁秉君，台北淡水，請不要在上課偷看小說的十五歲）

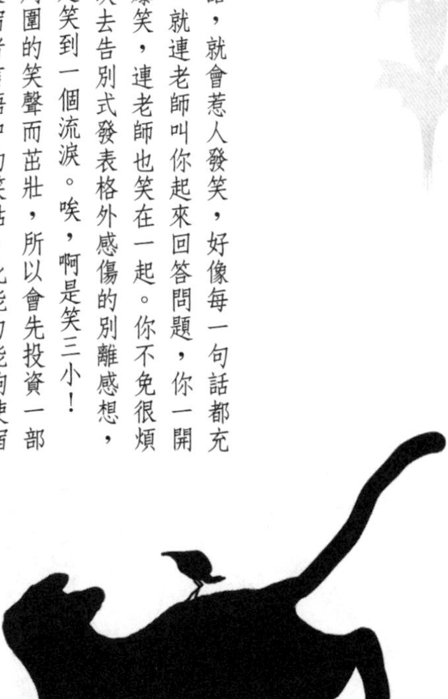

第566話

或許在地球表面，吸血鬼還可以靠著超猛的體質與人類一拚。

但遠在地球表面之上八百公里的世界，人類的力量是唯一的獨霸。

高科技的力量輕易穿透了煙硝瀰漫的黑色雲層，軍事衛星的高倍率鏡頭隨時掌握住這一場世界大戰的狀況，當然了，也掌握住阿不思所率領的最強軍團的動態。

從城市肉搏戰開始，阿不思的軍團已經連續消滅了四支美軍陸戰隊，其中有兩支美軍陸戰隊軍團接獲來自艦隊的指示，及早避開了阿不思來襲的動線，不戰而退，以免更多無謂的傷亡。

而現在，阿不思才正要面臨眞正的挑戰。

「夠了喔阿不思，今天是妳的制裁日！」

中國龍獵人團團長蕭離，冷笑將一個揮拳過來的淚眼咒怨成員一刀斬殺。

陸戰隊遠遠避開，但蕭離率領的中國龍獵人團卻根據衛星情報反其道攔在半路上，大張旗鼓與阿不思對決。他們擁有全世界最多的編制內獵人，個個都有與吸血鬼貼身戰鬥的經驗，跟陸戰隊不可一言概之。

「今天要你們小日本，血債血償！」

老西率領的千年長城獵人團，從街道左翼湧入，帶來了毀滅。

與解放軍密切合作的千年長城獵人團的老團長，老西，七十五歲的他早已過了黃金時期，但一收到進擊日本的政府命令，馬上全副武裝，第一時間整合千年長城部隊登艦。

他的父母都死在殘暴的南京大屠殺，這一次，老西是無論如何都要大鬧一場。

對中國的獵人集團來說，這不只是一場戰爭。

這是，復仇！

「真抱歉……你們碰上了我心情不好的時候呢。」

阿不思一腳將一個倒楣獵人的腰硬生生踢斷，皺眉：「我現在……頭很痛！」

心情欠佳的阿不思指揮著淚眼咒怨菁英部隊，在最前方與兩大獵人團的箭頭部隊戰鬥，後方的兩千名牙丸禁衛軍則與潮水般的獵人團打成僵局。

對阿不思來說，這真是太心煩意亂了。

這個年紀輕輕的天才吸血鬼很強，每一拳每一腳都是所向披靡，踢翻坦克，轟落直升機，然而淚眼咒怨的成員再怎麼菁英，都無法與阿不思的強悍相提並論。雖然剛剛大家將美軍陸戰隊打假的，好不痛快，可現在中國兩大獵人團的夾擊，終於令淚眼咒怨成員開始折損。

牙丸禁衛軍也就罷了，淚眼咒怨可是牙丸千軍留給阿不思的嫡系戰友，每一個人阿不思都叫得出名字，此下戰鬥，就是失去一個又一個夥伴的開始。

「五行刀法！」

老西的一把鬍子都殺成了鮮紅色，神威凜凜：「擺陣！」

八百把銀色軍刀閃電般翻滾了起來，以中國的道家「金木水火土」五行相生相剋之理，布置出一個極有利於團體作戰的陣勢出來，既不混亂，更能發揮出比單兵作戰還要堅強的防禦。

八百名千年長城獵人，就擺了八個五行大陣，相互支援，聯合進擊。

好的陣法的確可以發揮出團結的力量，以千殺百，以百擋一，阿不思與十數個淚眼咒怨成員就這麼被困在三個五行大陣中央，左一拳，右一拳，一時無法破陣，反而越陷越深。

「全軍聽令！百花齊放！」

不同於老西，極度自信的蕭離倒是下了一個完全相反的命令。

一千名以前解放軍菁英爲主的中國龍獵人團，以每十個人爲一組的靈活配置，對牙丸禁衛軍發動最猛烈的肉搏戰。

而蕭離自己，更是在世界獵人榜上名列前茅的怪物！

「冷山刀法——天山破！」

蕭離全身如刀，單將直挺，在牙丸禁衛軍中噴殺出一條血路。

一個淚眼咒怨成員以豹一樣的高速衝向蕭離，一拳轟出：「到此爲止！」

根本看不清蕭離又快又狠的刀法，該成員轟至蕭離門面的鐵拳飛上天際，腦袋迸出一道血色刀光，其生命還眞的到此爲止了。

「阿不思，很快便輪到妳了！」

蕭離刀不停，前面的吸血鬼屍體便不停。

中國龍與千年長城，這兩個號稱世界上最大的吸血鬼獵人團，豈止老西與蕭離這兩大高手？許多位列百大排行榜上的超級獵人，都在這場圍殺阿不思的戰役中大顯身手。

只是阿不思，實在是太強！

「拳——斧！」

阿不思的絕招還沒醞釀十足便轟出，還是有幾個首當其衝的獵人原地爆炸，另外有十幾個獵人被驚人的拳風給吹出陣去。恐怖的力量。

「再斧！」

沒有時間聚氣，阿不思隨便一拳灌入地面：「大家上！」

雷擊似的拳勁一口氣炸出七條割裂地表的裂縫，裂縫噴嘶，令右後方的獵人腳都站不穩，陣形微微塌出一塊空處，淚眼咒怨如神風敢死隊般殺了進去。

「阿不思，聽過我的名字吧！」

陣形急速變化中，一個全身鐵甲的高大獵人拽著一顆淚眼咒怨成員的腦袋，另一手揮舞長槍朝阿不思貫刺過來：「神槍老李！就是在下！」

根本沒考慮過以招拆招，阿不思直接一拳轟向長槍尖頭：「誰！」

長槍斷折。

那個叫神槍老陳還是老李的胸口破出一個大洞，哇哇哇怪叫倒下。

「神機點穴！」

一個怪老頭在地上翻滾，在陣形變化的掩護下陰險地滾到阿不思腳下，伸手疾點。咻咻咻——

多道氣箭從指尖破空而出，射向阿不思的周身大穴……這可是中國古代的傳奇神功，專門用來對付頑強的高手所用，穴道一旦被封，輕則氣血滯止，重則即刻暴斃。

可阿不思在全力戰鬥時渾身上下都充滿了猛烈的鬥氣，這些氣箭即使精準射中了阿不思的穴道，也像是射到了無形的厚實鎧甲，只是微微震痛了阿不思，卻無法發揮點穴的恐怖效果。

而一招未果的下場是——

「煩！」

阿不思一拳下砸，轟地一聲，將來不及報名字的怪老頭給轅斃在地。

根本沒有讓阿不思喘息的時間，所有高手都想在這個傳奇吸血鬼的身上留下疤痕。

「凌霄毀元手！」

一個體態壯碩的女人趁機來到阿不思的背後，一掌重重印在阿不思的背窩：

「崩！」

阿不思臉色微變。

「少林——龍爪手！」

啪地一聲，一個光頭上燙著戒疤的和尚獵人一爪擰在阿不思肩上，想直接將她的肩膀硬拽下來……他曾靠這一招扯下一百多個吸血鬼的臂膀！

阿不思沒有時間好好卸力，單單用強大的力量承受住凌霄毀元手的偷襲，一拳後砸，將壯女人震飛，同一時間另一手抓住幾乎要插進肩膀血肉裡的少林龍爪手，用力一扯，反而將對方的龍爪手給擰了下來。

但阿不思還來不及一拳了斷那個和尚獵人的小命，一個全身綁著黃色炸藥的胖子便一把抱住了阿不思，大吼：「我！神鬼獵人李一爐與阿不思同歸於盡在此！」

「口臭！」阿不思嫌惡地瞪大眼睛。

那胖子隨即大爆炸，還順便將來不及躲遠的和尚獵人給炸上了天。

強者如阿不思當然不可能被這種等級的自毀給「同歸於盡」，可一陣要命的巨響後，她冒著焦煙的身上黏滿了胖子黏呼呼的血肉，令她大為光火。

阿不思怒極，一拳朝看起來獵人最密集的地方橫向轟去：「滾開！」

拳斧劈開了大地，將一大群獵人的腰部以上狠狠拔起。

「眞厲害呢。」蕭離遠遠看到阿不思這種非人的招式。

「大家別慌！」老西迅速指揮陣形，朗聲：「將她孤立起來，慢慢削弱！」

不管是誰，在極爲消耗力量的大招過後，就是最好的攻擊時機。

「阿不思，接招黃山十劍！」

黃山十劍並非招式，而是十個在黃山結拜的吸血鬼獵人劍客，個個都是高手。

這十人各舞劍光，踏著淚眼咒怨刺滿劍孔的屍身而來。

「我十拳，取你十劍！」

阿不思連發十拳，一拳比一拳還快，全都後發先至。

拳拳拳拳拳拳拳拳拳拳

黃山十劍在此履踐了當年的結拜誓言——但求同年同月同日死。

阿不思十拳才剛發完，旋即被四枚火箭炮從四個方向給鎖定，砲彈逼近。

她罕見地左閃右躲，不讓砲彈直接命中，卻也被爆炸的威力轟離地面。

「眞煩！」

阿不思在半空中看準了其中一個發砲的火藥獵人，一拳直刺，風壓噴出。

等到阿不思重新落下時，那個膽敢發砲的獵人已經斷盡了肋骨。

雖然淚眼咒怨同伴前仆後繼在犧牲，可按照阿不思絕不後退的豪邁打法，要破這些以鋼鐵防禦著稱的五行陣，只是時間問題……

但這可不是阿不思要的。

她得更加專注，好讓這一場戰鬥在更多同伴犧牲前結束。

「拳斧！」

或許吧。

或許笨重的全坦克化部隊攔不住阿不思的衝刺。

或許精實的陸戰隊扛不動阿不思的猛拳。

或許中國這兩大獵人團也無法將阿不思送入歷史。

但遠在百里之外的艦隊導彈就不一樣了。

第567話

雷達上滿是紅色的光點。

「報告，透過衛星鎖定阿不思了。」導彈雷達官報告。

「立刻毀掉那一整個街區。」安分尼上將做出指示，面無表情。

很抱歉了，老朋友。

爲了終結戰爭，我必須親手毀掉你的得意門生。

「等等，你們這是什麼意思？」來自中國的航空母艦施琅號。

「什麼意思？當然是發射飛彈將她炸死啊！」美軍的馬可維奇艦長代替回答。

「中國龍與千年長城還在與阿不思的部隊周旋，你們導彈一過去，豈不是一起將我們的獵人炸死？」施琅號的艦長語氣帶著憤怒。

「你以爲那些獵人在那裡做什麼？眞以爲他們打得過阿不思？」馬可維奇艦長倒是很不客氣：「爲我們暫時牽制住阿不思的腳步，已經是他們所能做的最大努力了，現在不發射導彈攻擊阿不思的軍團，接下來再也找不到這樣的機會！」

「王八蛋！爲什麼不是你們美軍陸戰隊去牽制！」施琅號的艦長怒不可遏。

「說得好，到底還是你們家的獵人比較厲害，可以牽制阿不思那麼久，久到大家的飛彈都準備好了！」馬可維奇艦長完全不介意扮黑臉，自顧冷血的論調：「歷史會記住中國獵人的貢獻！」

「你說什麼！」

「我說你們要不要把飛彈也一起準備好，要不等會我們先發射，你們就錯過了蕩平阿不思的那份戰功？」

「這算什麼戰功？這是可恥的背叛！」施琅號的艦長大力拍桌。

這種爭論實在不是軍人本色。

況且，如果不這麼做，最後歷史會由誰來寫，尚在未定之天。

剛剛從美國五角大廈傳來的最新消息指出，不只是紐約曼哈頓淪陷，世界各地的重點城市都傳出了突變型吸血鬼群起攻擊人類的事件……不，那種攻擊規模已非「事件」這一名詞所能形容，而是「侵略」這一字眼。

美國舊金山、巴西熱內盧、法國巴黎、西班牙馬德里、德國柏林、南非開普敦、新加坡、英國倫敦、中國深圳全都莫名其妙出現了突變型吸血鬼的「蹤跡」。

一開始只是「蹤跡」，但只要過了「一個小時」，就會爆發出無法阻擋的吸血鬼狂潮，這種突變型吸血鬼就像失控了的病毒，不僅感染人類，也同時二度感染了原來的在地吸血鬼，一個小時之內就滾成了大災難。

不得不承認，若純以區域戰爭的型態較勁，吸血鬼很難勝得了人類聯軍的科技力，就如同此時日本血族的困獸之鬥。所以吸血鬼在戰區之外發動的「感染戰」是一種理所當然的反擊。

這種在日本境外突然爆發的吸血鬼狂潮，足以顯示出日本這一波攻擊是有備而來，如果下手不狠一點，處處顧及常理與道義，人類就不會有勝算。

夠了吧。

安分尼上將向導彈雷達官點了點頭。

「發射。」

一按鈕，十枚名爲「正義」的巡弋飛彈從航空母艦上射出。

黑色天際劃出十道白色的尾煙，直上雲霄。

第568話

「長官小心！」

又一個淚眼咒怨成員赫然擋在阿不思左方，以肉身擋下了一枚火箭炮。

爆炸，血肉四濺。

從剛剛到現在，這已經是第六個淚眼咒怨成員爲自己獻身了。

「誰要你擋了？」

阿不思卻氣到翻白眼，一拳將來襲的獵人掃開。

那種火箭炮即使正面捱上了幾發，也只是痛一下痛一下的程度而已，幹嘛要犧牲生命爲自己擋？小蝦米的忠心邏輯眞是無可救藥。

心煩意亂的阿不思，發現身邊的淚眼咒怨夥伴死傷過半，忍不住拳上加力。

「妳的對手在這裡！」

負責催動五行陣陣形的老西，終於來到了阿不思的左方。

「般！若！掌！」

一道積蓄了畢生功力的掌風壓得阿不思的五官表情都變了。
老西心知肚明，這一掌當然要不了阿不思的命，自己也絕對不是阿不思的對手。
但，加了蕭離可就未必了！
「冷山刀法——虛空斬！」
蕭離的刀從阿不思的右方逼近，如一條咬著寒氣的龍，勢如破竹。
阿不思是傳說。
但這兩大獵人團的團長，也是傳說等級的人物！
「很好！」
阿不思左拳直接硬擋住般若掌，腳底路面爆開。
同時她右肩一鬆，右拳鞭一樣重重甩向地面。
拳勁深入地層、再竄出地面時威力更倍，衝向蕭離腳下。
不硬碰，蕭離變招躍起，從空中如雷霆斬落：「飛龍斬！」
此時老西已被阿不思給遠遠震開，但陣形就是陣形，不因一個人的後退而瓦解，十幾枚火箭炮趁機從阿不思的四面八方轟了過來，在核心轟出驚人的爆炸，濃煙滾滾。

沒有猶豫，阿不思根本不會被這種火箭炮給幹掉，蕭離的刀高高斬落。

「出來！」蕭離這一刀很威。

濃烈的煙氣被強大的刀氣衝破，露出了站在中間的阿不思。

立在原地的阿不思正打算以拳硬受了從天而降的這一刀時，蕭離背影後方的天空，出現了十個急速下墜的甩尾黑點。

比起蕭離正自斬落的霸刀，那些急落的冒煙黑點更加危險！

！

阿不思大驚：「大家快閃！」

仰著天，手掌痠麻的老西目瞪口呆：「……這是？」

順著眾人訝異的目光，蕭離忍不住回頭。

那是，咻咻咻咻咻咻咻咻咻——

轟隆！

這一高躍，蕭離再也沒有落下地。

十枚以「正義」爲名的巡弋飛彈傾注在這一場大混戰中，霸道地帶來了凌駕在肉搏戰之上的火焰與震動，灼熱，崩解，痛苦與死亡。

巨大的爆炸力讓剛剛雙方的浴血戰鬥變成了一場蠢不可及的無勝負打架。

火雲直衝天際，照亮了整片污濁的天際。

這個街區完全毀滅了。

什麼五行大陣？什麼超級獵人？什麼牙丸禁衛軍？

全滅了，全都不存在了。

最強的吸血鬼地面部隊被高熱蒸發了。

千年長城與中國龍兩大獵人團，也全都在剛剛那一瞬間，被巨大的火焰氣爆給吞噬了。

每一棟樓都倒塌了。

每一塊破碎的岩礫都冒著熱氣。

變形的紅色鋼筋串著一塊塊不完整的屍體。

方圓十里的空氣灼熱到只要呼吸一口，就會將整個肺臟燒燬。

大地沒有在哭泣。

因爲大地已死。

沒有人掙破這一片地獄般的瓦礫堆，受難英雄式站起。

蕭離沒有，老西沒有。

阿不思，也沒有。

第569話

「報告，沒有發現生還者。」

導彈雷達官不斷格放又格放、搜索又搜索從軍事衛星傳送下來的畫面。

人類的艦隊聯軍還是很有默契地保持了許久的沉默，以示對犧牲者的敬意。

安分尼上將凝重地看著同樣的畫面，他的神色當然不得意，卻也並不哀淒。

這是戰爭。

打輸一場戰爭有很多種理由，無限種可能。

但若想打贏戰爭，方法只有一個，那就是——不計一切代價毀滅敵人。

如果你想當一個百戰百勝的將軍，意味著你不計一切代價的次數比所有人都還要多，意味著你對勝利的虔誠，意味著，你一定要贏的責任——如果大量的犧牲者還是無法帶來勝利，那麼下令犧牲的指揮者，就連「爲了勝利不計一切代價」的責備都無法得到，一切的犧牲都是白費與愚蠢的。

「安分尼上將，這筆帳，我會再跟你算清楚。」施琅號的艦長咬著牙。

「勝利後，悉聽尊便。」

殺了阿不思，安分尼上將還是無法解除對這一場戰爭的不安……

□

「長官……接下來的作戰策略該怎麼……調整？」

說話的是誰，牙丸無道根本沒有看。

這個掌握地下皇城最大軍權的吸血鬼閉著眼睛，陷入了沉思。

才剛剛取得了打仗的權力，現在，這場仗卻脫離了權力的算計。

阿不思的部隊失去聯絡，剛剛那一記連地下皇城也劇烈震動的大爆炸已經說明了一切。這是難以忍受的挫敗。

面對全世界人類的群起圍攻，這個亞洲最文明的城市到處都是紅色警戒，這個國家已經失去了繼續生存下去的希望。吸血鬼最強暗黑帝國的歷史，終於要終結了嗎？

該是準備和談的時候？

牙丸無道沒有睜開眼睛，默默盤算著如何從和談裡維繫自己的權力……

遺落之失

命格：情緒格

存活：一百年

徵兆：不管是橡皮擦還是千元大鈔，你發現身邊的東西經常不翼而飛，即使想起來東西放在哪裡，回去找也常常找不到，簡直丟得莫名其妙。

特質：命格吃食宿主遺落東西的痛苦心情而茁壯，如果宿主遺失了越心愛的東西，就會越心疼，越心疼能量就越強，所以一旦宿主遺失了汽車或女朋友，命格將會大幅增強能量。

進化：失城

（張智斌，台北市，不再受兩小無猜條款保護的悲慘十八歲）

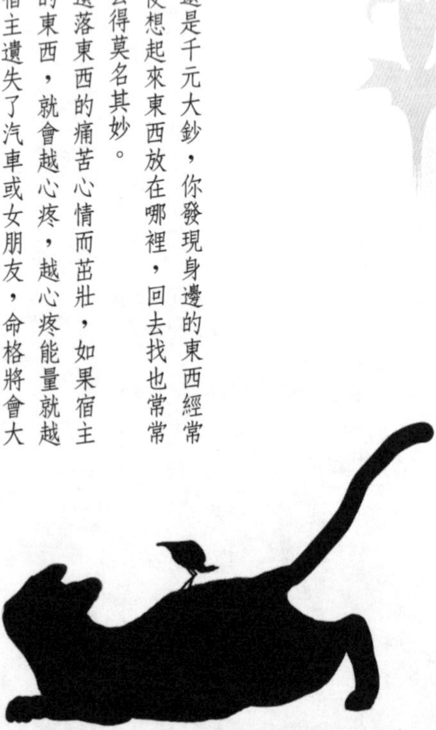

第570話

這真是太勉強了。

長老白喪的獨眼巨人拖著狼牙棒，一路在大廈間狂殺狂打，根本是無敵。

以巨人目前的行進方向筆直前挺的話，最後終將來到人類聯合艦隊面前，到時候一個狼牙棒朝軍艦甲板打下去，雖說是幻術，也肯定會引起美軍翻天覆地的集體暴斃。

「單靠人類的軍隊是沒辦法對付這種幻術的，就算出動戰鬥機轟炸，也只會炸到自己人。」

說話的人，是氣喘吁吁的獵命師鎖木。

他的斷金咒對獨眼巨人一點傷害也沒有。

「是嗎？我不覺得加上我們，就可以跟這些獨眼巨人一拚啊。」

書恩語氣無奈，有些事根本不必嘗試就知道一定失敗。

鎖木、書恩與倪楚楚三個獵命師，終於在這裡碰上了這些巨人。

碰上了，怎辦？

根本沒輒！

「我的能力只有剛剛的兩成不到，沒辦法把施術者找出來，但要螫斃這些巨人，所有的蜂毒加起來也不夠啊！」倪楚楚艱辛地說。

連續與強敵戰鬥，長老護法團之一的倪楚楚早就無法保持最佳狀態。

況且倪楚楚剛剛試過了一次，將所有咒蜂集中往巨人的耳朵裡鑽，直接在巨人耳道中下針。結果巨人不敵蜂毒，大叫倒下，靠著高樓大廈口吐白沫死掉。

但死了一個獨眼巨人又如何？

在大家的腦意識深處裡，馬上又被種下一個新的幻術果實，迅速開出了一個新的巨人。現在，總共有五個獨眼巨人在逛大街，沿途摧毀膽敢攔路的美軍軍隊。

「怎辦？如果我們擋不住的話，情勢就會被這些巨人逆轉了。」

書恩滿身大汗，她所施展的大風咒只吹得動巨人的眉毛。

「我還有一招，但那一招本來是保留給跟徐福同歸於盡用的……」

鎖木心有不甘地說：「事到如今，想制伏那些巨人也只能夠依賴這一招了。」

倪楚楚知道鎖木口中號稱可以跟徐福同歸於盡的那一招是哪一招，但身爲獵命師的她，心底其實不大相信這個世界上眞有「這一招的存在」。

因爲，那實在是，太唬爛了！

「找好位置。」倪楚楚抬頭看著大廈之巔：「在那上頭對吧？」

「時間不多。」鎖木點頭：「大家上去！」

三人飛身快躍，在傾頹冒煙的大廈間不斷往上，最後來到附近最高的一座大廈天台，這個高度可以看清楚五個獨眼巨人從遠方慢慢往這裡走過來。

鎖木肩上的靈貓喵了喵，一抖，血咒紛飛。

一道飽滿能量的命氣灌入鎖木的身體裡，令鎖木直打哆嗦。

趁著還沒被這股巨大能量壓垮，鎖木迅速將血咒重新塗好，將奇特的命格封牢牢印住。

集中意念，鎖木單手擎天。

那大無畏的姿勢，簡直就是想將命格的能量射上天際似地。

「你沒有太多時間製造奇蹟。」倪楚楚仰看著天。

「這個命格，本身就是一個奇蹟。」鎖木也只能信賴獵命師的古老傳說了。

天地間有無窮命格。

或渾然生成，或自我繁衍，或修煉創發，每一種命格都有自己的成長與特性，有些命格最後成仙成妖，有些命格曾經左右了一個國家的歷史，有些命格卻——即使被捕捉了，也從來沒有獵命師真正使用過，其強大的效力只存在於古老的語言傳承。

鎖家的祖先，一代傳承了一代，子子孫孫接力將一個古老的命格持續封印起來，唯一的告誡便是「絕對不能夠使用，當然也絕不能夠交給外人，以免造成無法逆轉的大災難」。

如今這個危險的、但從未印證過其危險的古老傳說，就是命格——

「吸引隕石的女人」。

鎖木隻手擎天已久，天空什麼事也沒發生。

沒有隕石，甚至沒有大一點的石頭，只有忽然劃空而落的艦隊導彈。

咻咻咻，咻咻咻……轟！轟！轟！

大地震動。

又過了片刻，書恩尷尬地看著鎖木，謹慎地說：「我想，即使隕石真被命格的力量吸引了，但隕石遠在數億萬公里之外，甚至更遠，被吸來東京上空已是很久很久之後，根本來不及解決這些怪物巨人。」

其言外之意還有，即使隕石眞會被吸引，其實也趕不及對付魔王徐福吧。

「嗯。」鎖木簡單回應，凝神看著天空。

雖然獨眼巨人距離海岸線的軍艦越來越近，但反正現在什麼事也做不了，倪楚楚乾脆讀起了剛剛從一間遭到炮擊半毀的書店裡順手拿走的書，宮本喜四郎所著的《剪接電影預告一定不能犯的錯》，順便好好休息。

鎖木並沒有放棄，繼續保持這一個偉大的單手擎天姿勢。

這個執念並非不想否定祖先代代傳承的認知，而是，鎖木確確實實地感受到體內的命格能量是如此的雄偉澎湃，命格「吸引隕石的女人」將他細長的手臂當作砲管，射向天際的後座力震動感，也不容懷疑。

那麼，遲遲不來的隕石，到底哪去了呢？

第571話

距離地球兩千公里處的太空上，並不只有美國人的衛星。

還有專屬於Z組織的多用途衛星……總計兩百六十多顆，數量驚人。

「阿不思……」

凱因斯瞇著眼睛，激動地咬著快要流血的手指：「就這樣被炸死了？」

百慕達三角洲的海底深處，Z組織巨大的海底城：Z-Base。

巨大的環場螢幕以多重分割畫面，將這一場戰爭鉅細靡遺地播放出來，每一個環節，每一場戰鬥，每一場精采的單挑，每一次的偷襲……凱因斯都不想錯過。

安倍晴明與服部半藏在大海上與白線兒的戰爭級對決，魔王義經的地底大復活，美軍陸戰隊與牙丸軍團的街道戰，白圓超無聊的沒梗佛舞，兵五常與東京六豺的絕境之鬥，上官無筵與風宇的命格相剋之戰，聶老與宮本武藏的英雄對決，烏拉拉獵命師一行人與平教經的火來箭去，烏霆殲與弁慶軍團在大街上的雙雄搏殺。

Z組織的衛星上甚至裝載了精密的「腦能量感測系統」，能夠即時將肉眼無法捕捉的幻能量以動畫的方式重新呈現，不只足以描繪出「氣」，還能夠具現化陳木生與白氏貴族的幻術戰鬥內容。

簡單說，這簡直就是一場盛大隆重的戰爭轉播。

而現在，獨享這場戰爭轉播的唯一觀眾凱因斯，表情很痛苦。

一代超強，牙丸阿不思，就這麼被人類的導彈給蒸發了？

這點倒是大大超出了凱因斯的預期。

原本凱因斯是想讓擁有「內核子動力」的赫庫力斯與阿不思好好單挑一場的，標題可以這麼下：「第三種人類的第一猛將，對上吸血鬼首席超強」，不管誰勝誰負都無所謂，只要比賽精采就值回票價。

現在，這個肯定超好看的年度大戲卻被「非常擅長犧牲同伴以達成任務」的人類聯軍給破壞了。

這種感覺就好像是，好不容易等到了期待以久的電視節目要上映了，拚命推辭種種邀約衝回家要看，結果一打開門，卻發現放在客廳的電視機被小偷偷走的感覺一樣！

凱因斯很生氣。

非常非常，非常非常地生氣。

「發射導彈發射導彈發射導彈……發射導彈？發射導彈發射導彈發射……」

罕見碎嘴的凱因斯決定給予人類聯軍一個教訓。

他走到那一台由上萬枚M晶片組成的超巨大機械前面，將自己的腦袋移動到那一個末端鑲嵌著環狀金屬的雄奇手臂底下。

那環形金屬像極了一頂超現代的頭罩，一道紅色的珠光在環狀金屬上慢慢游動，越來越快，越來越快，到最後嗡嗡嗡嗡急轉了起來。

這台毫無美感可言的怪獸機器足足有三層樓那麼高，過去僅僅是幫助凱因斯將腦波「增幅」十萬倍，製造出比擬白氏貴族使用的幻術，讓這些幻術與Z組織創造出來的第三種人類戰士戰鬥，不僅可以訓練那些戰士，還可以讓凱因斯快樂地打發時間。

而現在，凱因斯不只需要將腦波增幅十萬。

「雖然東京的時間奇怪凝滯了，但，這應該不會影響M晶片的傳送能力吧？」

凱因斯瞪著環形螢幕上的東京熱戰畫面，頂上頭罩紅光激射。

「先來個一千萬人份的腦波吧。」凱因斯輕描淡寫地說出指令。

倒數五分鐘開始。

直到此刻，Z組織的終極武器終於揭曉。

過去三十年，Z組織入股了這個世界上所有關於手機驅動晶片原料、研發、製造的上中下游科技公司，不管是哪一個廠牌的手機，都搭載了以加速網路功能爲名嵌入的「微晶片」。

表面上，這些微晶片都是由不同的科技公司所製造出來的。台積電、三星、聯發科、晨星、新力、德州儀器、聯電、高通、英特爾、瑞薩、艾爾姆……

事實上，這些以數十億計的手機裡所搭載的每一個微晶片，都有M晶片的影子。

這些全名爲「Mind Control Chip」的M晶片，每一分每一秒都在影響使用手機的每一個人。當他們打電話的時候，M晶片都在記錄使用者的腦波頻率，並即時將腦波傳送到雲層之上衛星，不僅可以定位使用者的行蹤，還可以潛移默化使用者的思想。

不過，以上只是偉大戰爭機器的小小鋪陳。

從現在開始，這台沒有名字的巨大怪獸機器才正要執行它的戰爭處女秀。

M晶片啓動。

隨機挑選的一千萬台使用中的手機，瞬間將一千萬名主人的微弱意識傳送到雲層之上的Z組織通訊衛星裡，衛星裡的M晶片轉錄裝置立即開啓巨大的腦波頻道，進行頻率同步工作。

一股狂暴的超級意識從地球軌道上衝抵深邃的大海，灌入巨大的怪獸機器中的腦意識暫存記憶體中，這中間僅僅有百分之五的傳送折損。

環狀金屬頭罩紅光乍現，用肉眼就能看出有股紅色波動正灌進凱因斯的腦部。

每一個人都有想像力。

每一個人都有向另一個人描繪其想像之物的能力。

但腦波異常者，或稱特異功能者、超能力者、靈感者，毋須言語或文字，便能夠直接將想像投射到他人的腦中，造成誤導，造成他人錯誤的感受。

而所謂這些腦波異常者，其實就是腦波能量較一般人要高數倍，所以能在集中精神力時將腦波發出劇烈的振幅、在一定腦波波長限制的範圍內強制同步化別人的腦波——這個機制，便是凱因斯研究白氏貴族的幻術能力得到的心得。

眼前這一台怪獸姿態的巨大機械，就是以此機制打造出來的腦波同步機。

令人焦躁的嗡嗡嗡聲停了，高速轉動的紅光也終於緩了下來。

令人煎熬的五分鐘倒數結束。

現在，如果說凱因斯「擁有」一千萬人份的腦意識能量，是不精確的說法。

應該說，有一千萬人的腦意識與凱因斯的腦波「同步」了，凱因斯可以藉由操縱自己的意識，去操縱這一千萬人的意識，進而將這一千萬人的腦能量挪爲己用。

凱因斯不只可以使這一千萬人強行感覺到自己想要讓他們感受到的東西，更重要的是，凱因斯能夠讓這一千萬人處於一種意識上的漠然，方便將他們的腦能量送上Z組織的科技衛星，再射向科技衛星的鏡頭所能企及的每一個角落。

如此藉由衛星與海底機器間的「移腦轉能」，凱因斯就可以讓遭到衛星鎖定的特定區域中的每一個人，都看見、都聽見、都感覺到凱因斯想要他們看見聽見感覺到的一切！

一千萬人份的腦能量何其龐大！

凱因斯可以輕易地製造出凌駕於任何一個白氏貴族所能使出的幻術招式，這可不只是虛擬出一個蜘蛛人那種等級的幻覺，就算是古老魔王「徐福」再世，也無法與其相提並論！

這個鑲嵌在手機深處的小小裝置，將在所有與Z組織爲敵者的大腦中，鑽出一條無限恐懼的隧道。

「先來一顆蘋果。」

凱因斯伸出左手，空蕩蕩的左掌心忽然冒出一顆鮮紅的蘋果。

世界各地一千萬個正在講電話的人，全都傻乎乎地看著自己左手中的紅蘋果。

「再笑一笑。」

凱因斯咧開嘴，輕輕地對著環形螢幕笑笑。

世界各地一千萬個正在講電話的人，莫名其妙地笑了開來。

巨型機器的數據顯示，腦波同步化很成功。

那麼，懲罰的遊戲開始了。

凱因斯伸手指向環形螢幕中央的東京灣，那一大排好整以暇的諸國艦隊。

科技衛星將匯集了一千萬人份的腦波同步光束射了出去。

「一百顆隕石。」

《獵命師傳奇》卷十八　完

獵命師傳奇
FateHunter

《獵命師傳奇》卷十九・預告

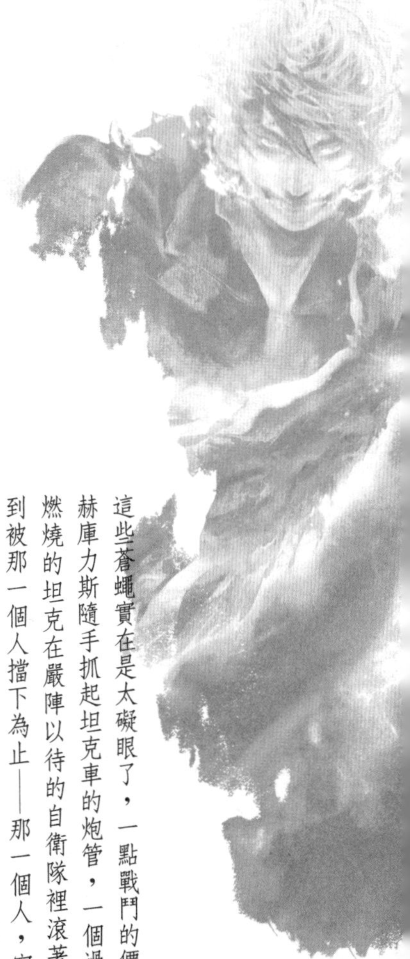

這些蒼蠅實在是太礙眼了，一點戰鬥的價值都沒有。

赫庫力斯隨手抓起坦克車的炮管，一個過肩摔拋向前方的自衛隊。

燃燒的坦克在嚴陣以待的自衛隊裡滾著翻著，撞得人仰馬翻，直到被那一個人擋下為止——那一個人，穿著藏青色功夫衣的那一個人，不但單手擋下了失控的坦克，還輕輕地將坦克從中撕開。

你沒看錯，是撕開，像報紙一樣地撕開。這是何等的怪物！

「好傢伙！」赫庫力斯大吼衝出，體內的微核子反應爐急速運轉。

能量達到極致，第三人類的頂尖戰士一拳轟出。

「嘿嘿嘿……」那穿著藏青色功夫裝的男子單手就接下了這一拳。

拳力威猛，男子卻一步也沒後退，只是衣服爆開，露出猙獰魔鬼面容的背肌。

「不純物，通通都是不純物啊！」男子緊抓著赫庫力斯的鐵拳。

是的，這一場東京列強大戰，這個男人怎麼可能缺席？

地上最強的生物，範馬勇次郎登場！

（讀者：這三小？啊說好的尾田榮一郎咧？）

獵命師十九，還要等多久？

連文帶序，

獵命師十六，二〇〇九年十一月十六日交稿

獵命師十七，二〇一〇年十一月十八日交稿

獵命師十八，二〇一一年六月十九日交稿

從十六到十七，**三百六十三天！**

從十七到十八，**兩百一十二天！**

眾所矚目、萬眾期盼的獵命師十九，究竟何年何月得償所望？

■目標：自二〇一一年六月十九日，《獵命師．十八》交稿的這天起，至《獵命師．十九》交稿的那刻止，我們總共得經歷幾天等待的日子？

■任務：在回函上寫下你的大膽預測，並以愛的告白與鼓勵，喚醒九把刀的良知，成功催稿！

■敵手：演講、拍電影、拯救地球……九把刀拖稿幻術殺陣。

■條件：請長期關注監看「九把刀噗浪 http://www.plurk.com/giddens」與「蓋亞噗 http://www.plurk.com/gaeabooks」。交稿時間以編輯部收到夾帶眞眞正正、實實在在的序和內文WORD檔信件時間爲準。（是的，刀大，請不要再寄沒人看得見的「國王的附檔」來欺騙編輯脆弱的玻璃心！）

將回函塡寫完畢，並於二〇一一年八月二十日前寄回蓋亞文化，預測時間最接近的十人，《獵命師．卷十九》新刊免費送給你！（若超過十人預測到正確時間，則以抽籤方式決定得獎者。）

催稿理由最有趣、最令刀大害羞的三名讀者，還有機會獲得特別賞大獎喔！

■得獎名單將公布於《獵命師．卷十九》。

蓋亞文化圖書目錄

書名	系列	作者	ISBN	頁數	定價
恐懼炸彈（新版）	都市恐怖病	九把刀	9789867450340	320	260
大哥大	都市恐怖病	九把刀	9789866815690	256	250
冰箱	都市恐怖病	九把刀	9789867929761	240	180
異夢	都市恐怖病	九把刀	9789867929983	304	240
功夫	都市恐怖病	九把刀	9789867450036	392	280
狼嚎	都市恐怖病	九把刀	9789867450142	344	270
依然九把刀（紀念版）	非小說・九把刀	九把刀	4710891430485		345
人生就是不停的戰鬥	非小說・九把刀	九把刀	9789866473029	384	280
不是盡力，是一定要做到	非小說・九把刀	九把刀	9789866473036	384	280
1%	非小說・九把刀	九把刀	9789866473647		400
人生最厲害就是這個BUT！	非小說・九把刀	九把刀	9789866157035	384	299
綠色的馬	九把刀・小說	九把刀	9789866815300	272	280
後青春期的詩	九把刀・小說	九把刀	9789866815799	272	250
上課不要看小說	九把刀・小說	九把刀	9789866473654	272	280
樓下的房客	住在黑暗	九把刀	9789867450159	304	240
獵命師傳奇 卷一～卷十二	悅讀館	九把刀			各180
獵命師傳奇 卷十三～卷十八	悅讀館	九把刀			各199
臥底	悅讀館	九把刀	9789867450432	424	280
哈棒傳奇	悅讀館	九把刀	9789867929884	296	250
魔力棒球（修訂版）	悅讀館	九把刀	9789867450517	224	180
都市妖1 給妖怪們的安全手冊	悅讀館	可蕊	9789867450197	240	199
都市妖2 過去我是貓	悅讀館	可蕊	9789867450241	232	199
都市妖3 是誰在唱歌	悅讀館	可蕊	9789867450272	208	180
都市妖4 死者的舞蹈	悅讀館	可蕊	9789867450357	240	199
都市妖5 木魚和尙	悅讀館	可蕊	9789867450395	240	199
都市妖6 假如生活騙了你	悅讀館	可蕊	9789867450425	200	180
都市妖7 可曾記得愛	悅讀館	可蕊	9789867450562	240	199
都市妖8 胡不歸	悅讀館	可蕊	9789867450623	240	199
都市妖9 妖・獸都市	悅讀館	可蕊	9789867450753	240	199
都市妖10 妖怪幫幫忙	悅讀館	可蕊	9789867450784	240	199
都市妖11 形與影	悅讀館	可蕊	9789867450951	240	199
都市妖12 小小的全家福	悅讀館	可蕊	9789867450982	240	199
都市妖13 圈套	悅讀館	可蕊	9789866815539	240	199
都市妖14 白鶴與蒼猿	悅讀館	可蕊	9789866815287	224	199
青丘之國（都市妖外傳）	悅讀館	可蕊	9789867450470	320	220
都市妖奇談 全三卷	悅讀館	可蕊	9789866815058		各250
捉鬼實習生 1 少女與鬼差	悅讀館	可蕊	9789866815119	208	180
捉鬼實習生 2 新學期與新麻煩	悅讀館	可蕊	9789866815126	240	199
捉鬼實習生 3 借命殺人事件	悅讀館	可蕊	9789866815263	352	250
捉鬼實習生 4 兩個捉鬼少女	悅讀館	可蕊	9789866815270	256	199
捉鬼實習生 5 山夜	悅讀館	可蕊	9789866815409	208	180
捉鬼實習生 6 亂局與惡鬥	悅讀館	可蕊	9789866815416	240	199
捉鬼實習生 7 紛亂之冬（完）	悅讀館	可蕊	9789866815515	240	199
捉鬼番外篇：重逢	悅讀館	可蕊	9789866815652	320	250
魔法師的幸福時光 1 舞蹈者	悅讀館	可蕊	9789866815768	240	199
魔法師的幸福時光 2 鏡子迷宮	悅讀館	可蕊	9789866815898	256	220
魔法師的幸福時光 3 空痕	悅讀館	可蕊	9789869473135	256	220
魔法師的幸福時光 4 古卷	悅讀館	可蕊	9789866473388	256	220
魔法師的幸福時光 5 綠色森林	悅讀館	可蕊	9789866473661	256	220

＊實際定價以各書版權頁爲準

魔法師的幸福時光 6 葉脈	悅讀館	可蕊	9789866157080	224	199
魔法師的幸福時光 7 流光之殤	悅讀館	可蕊	9789866157172	224	199
魔法師的幸福時光 8 海盜	悅讀館	可蕊	9789866157257	240	199
魔法師的幸福時光 番外篇	悅讀館	可蕊	9789866473913	208	180
月與火犬 卷1～2	悅讀館	星子		256	319
魘	悅讀館	星子	9789866473968	288	240
百兵　卷一～卷八（完）	悅讀館	星子	9789867450531	272	1535
七個邪惡預兆	悅讀館	星子	9789867450913	272	200
不幫忙就搗蛋	悅讀館	星子	9789867450258	308	220
陰間	悅讀館	星子	9789866815027	288	220
黑廟　陰間2	悅讀館	星子	9789866815577	256	220
捉迷藏　陰間3	悅讀館	星子	9789866157073	256	220
無名指　日落後1	悅讀館	星子	9789866815362	336	250
囚魂傘　日落後2	悅讀館	星子	9789866815446	288	240
蟲人　日落後3	悅讀館	星子	9789866815713	280	240
魔法時刻　日落後4	悅讀館	星子	9789866473173	304	240
怪物　日落後5	悅讀館	星子	9789866473500	288	240
餓死鬼　日落後6	悅讀館	星子	9789866473616	256	220
萬魔繪　日落後7	悅讀館	星子	9789866473814	288	240
太歲（修訂版）　卷一～卷六	悅讀館	星子			各280
太歲（修訂版）　卷七（完）	悅讀館	星子	9789866815881	392	299
太古的盟約　卷一～卷四	悅讀館	冬天			各240
太古的盟約　卷五～卷九	悅讀館	冬天			各199
四百米的終點線	悅讀館	天航	9789866157004	364	250
君子街，淑女拳	悅讀館	天航	9789866157097	272	240
戀上白羊的弓箭	悅讀館	天航	9789866157165	288	240
術數師1　愛因斯坦被摑了一巴掌	悅讀館	天航	9789866815911	336	240
術數師2　蕭邦的刀．少女的微笑	悅讀館	天航	9789866473050	336	240
術數師3　宮本武藏的末世傳人	悅讀館	天航	9789866157318	336	240
三分球神射手 1～6（完）	悅讀館	天航		272	1420
東瀛街道故事集　惡都1	悅讀館	喬靖夫	9789866815829	208	180
慈悲　惡都2	悅讀館	袁建滔	9789866473043	336	240
犬女　惡都3	悅讀館	袁建滔	9789866473227	208	180
武道狂之詩　卷一 風從虎．雲從龍	悅讀館	喬靖夫	9789866473005	256	220
武道狂之詩　卷二 蜀都戰歌	悅讀館	喬靖夫	9789866473340	256	220
武道狂之詩　卷三 震關中	悅讀館	喬靖夫	9789866473494	256	220
武道狂之詩　卷四 英雄街道	悅讀館	喬靖夫	9789866473623	256	220
武道狂之詩　卷五 高手盟約	悅讀館	喬靖夫	9789866473937	256	220
武道狂之詩　卷六 任俠天下	悅讀館	喬靖夫	9789866473975	224	199
武道狂之詩　卷七 夜戰廬陵	悅讀館	喬靖夫	9789866157196	240	199
武道狂之詩　卷八 破門六劍	悅讀館	喬靖夫	9789866157332	240	199
惡魔斬殺陣　吸血鬼獵人日誌 I	悅讀館	喬靖夫	9789867450821	240	199
冥獸酷殺行　吸血鬼獵人日誌II	悅讀館	喬靖夫	9789867450838	240	199
殺人鬼繪卷　吸血鬼獵人日誌III	悅讀館	喬靖夫	9789867450920	240	199
華麗妖殺團　吸血鬼獵人日誌IV	悅讀館	喬靖夫	9789867450937	368	250
地獄鎮魂歌　吸血鬼獵人日誌 特別篇	悅讀館	喬靖夫	9789867450999	192	129
殺禪　全八卷	悅讀館	喬靖夫			各180
誤宮大廈	悅讀館	喬靖夫	9789866815423	256	220
天使密碼 全五卷	悅讀館	游素蘭			各220
說鬼　黑白館1	悅讀館	琦琦	9789866473333	320	240

＊實際定價以各書版權頁爲準

惡疫　黑白館2	悅讀館	琦琦	9789866473517	272	240
血故事　人魔詩篇1	悅讀館	羽奇	9789866815638	224	180
氏族血戰	悅讀館	天下無聊	9789866473753	224	180
獵頭	悅讀館	烏奴奴&夏佩爾	9789866473739	288	240
噩盡島 1～13（完）	悅讀館	莫仁		272	2739
噩盡島II 1～9	悅讀館	莫仁			各220
異世遊　全五卷	悅讀館	莫仁		304	各240
遁能時代 全五卷	悅讀館	莫仁			各240
山貓　因與聿案簿錄 1	悅讀館	護玄	9789866815560	256	220
水漬　因與聿案簿錄 2	悅讀館	護玄	9789866815645	256	220
彩券　因與聿案簿錄 3	悅讀館	護玄	9789866815775	256	220
祕密　因與聿案簿錄 4	悅讀館	護玄	9789866815836	256	220
失去　因與聿案簿錄 5	悅讀館	護玄	9789866473074	296	240
不明　因與聿案簿錄 6	悅讀館	護玄	9789866473319	272	240
雙生　因與聿案簿錄 7	悅讀館	護玄	9789866473586	288	240
終結　因與聿案簿錄 8（完）	悅讀館	護玄	9789866473685	288	240
異動之刻 1～8	悅讀館	護玄			1800
希臘神論	悅讀館	戚建邦	9789866815706	320	250
莎翁之筆　筆世界1	悅讀館	戚建邦	9789866473128	288	220
反物質神杖　筆世界2	悅讀館	戚建邦	9789866473272	272	220
啓示錄之心　筆世界3	悅讀館	戚建邦	即將出版		
天誅第一部　烈火之城卷（上）、（下）	悅讀館	燕壘生			各240
天誅第二部　天誅卷一～卷三（完）	悅讀館	燕壘生			各250
天誅第三部　創世紀卷一～卷三（完）	悅讀館	燕壘生			共810
伏魔　道可道系列 1	悅讀館	燕壘生	9789867450630	168	139
辟邪　道可道系列 2	悅讀館	燕壘生	9789867450647	168	139
斬鬼　道可道系列 3	悅讀館	燕壘生	9789867450722	224	180
搜神　道可道系列 4	悅讀館	燕壘生	9789867450739	224	180
道門秘寶　道可道系列番外篇	悅讀館	燕壘生	9789866815522	320	250
活埋庵夜譚（限）	悅讀館	燕壘生	9789867450333	224	200
仇鬼豪戰錄 套書（上下不分售）	悅讀館	九鬼	9789866815379		499
輪迴	悅讀館	九鬼	9789866815782	256	199
彌賽亞：幻影蜃樓 上下兩部	悅讀館	何弼& 櫻木川	9789867450609	240	各180
銀河滅	悅讀館	洪淩	9789866815508	288	240
公元6000年異世界（新版）	悅讀館	Div	9789866815621	312	240
天外三國　全三部	悅讀館	Div			各180
永夜之城　夜城1	夜城	賽門・葛林	9789867450760	288	250
天使戰爭　夜城2	夜城	賽門・葛林	9789867450845	304	250
夜鶯的嘆息　夜城3	夜城	賽門・葛林	9789867450968	304	250
魔女回歸　夜城4	夜城	賽門・葛林	9789866815041	336	280
錯過的旅途　夜城5	夜城	賽門・葛林	9789866815232	352	299
毒蛇的利齒　夜城6	夜城	賽門・葛林	9789866815393	360	299
地獄債　夜城7	夜城	賽門・葛林	9789866815928	336	280
非自然詢問報　夜城8	夜城	賽門・葛林	9789866473081	288	250
又見審判日　夜城9	夜城	賽門・葛林	9789866473142	320	280
影子瀑布	Fever	賽門・葛林	9789866815607	464	380
善惡方程式（上下不分售）	Fever	珍・簡森	9789866815478	842	599
熾熱之夢	Fever	喬治・馬汀	9789866473234	456	360
審判日	Fever	珍・簡森	9789866473357	592	420
光之逝	Fever	喬治・馬汀	9789866473203	384	320
魔法咬人	Fever	伊洛娜・安德魯斯	9789866473593	336	280

＊實際定價以各書版權頁爲準

殺人恩典	Fever	克莉絲汀・卡修	9789866473760	400	299
魔法烈焰	Fever	伊洛娜・安德魯斯	9789866473746	352	299
魔法衝擊	Fever	伊洛娜・安德魯斯	9789866473999	352	299
守護者之心　秘史系列1	Fever	賽門・葛林	9789866157011	416	350
惡魔恆長久　秘史系列2	Fever	賽門・葛林	9789866157219	464	350
火兒　恩典系列2	Fever	克莉絲汀・卡修	9789866157202	384	299
作祟情報員　秘史系列3	Fever	賽門・葛林	9789866157233	352	299
魔印人	Fever	彼得・布雷特	9789866157325	512	399
From hell with lovw　秘史系列4	Fever	賽門・葛林	即將出版		
歲月之石　卷一 四季之鍊	阿倫德年代紀	全民熙	9789866473364	360	299
歲月之石　卷二 妖精環	阿倫德年代紀	全民熙	9789866473951	368	299
歲月之石　卷三 橫越春之大陸	阿倫德年代紀	全民熙	9789866157240	368	299
德莫尼克 卷一 不是所有的孩子都是天使	符文之子2	全民熙	9789867450388	336	280
德莫尼克 卷二 假面的微笑	符文之子2	全民熙	9789867450418	336	280
德莫尼克 卷三 失落的一角	符文之子2	全民熙	9789867450449	364	280
德莫尼克 卷四 劇院裡的人們	符文之子2	全民熙	9789867450579	364	280
德莫尼克 卷五 海螺島的公爵	符文之子2	全民熙	9789867450692	336	280
德莫尼克 卷六 紅霞島的祕密	符文之子2	全民熙	9789866815089	364	280
德莫尼克 卷七 躲避者，尋找者	符文之子2	全民熙	9789866815355	364	299
德莫尼克 卷八 與影隨行（完）	符文之子2	全民熙	9789866815485	512	399
符文之子 卷一 冬日之劍	符文之子1	全民熙	9789866815133	360	299
符文之子 卷二 衝出陷阱，捲入暴風	符文之子1	全民熙	9789866815140	320	299
符文之子 卷三 存活者之島	符文之子1	全民熙	9789866815157	336	299
符文之子 卷四 不消失的血	符文之子1	全民熙	9789866815164	352	299
符文之子 卷五 兩把劍，四個名	符文之子1	全民熙	9789866815171	352	299
符文之子 卷六 封地之印的呼喚	符文之子1	全民熙	9789866815188	352	299
符文之子 卷七 選擇黎明（完）	符文之子1	全民熙	9789866815195	432	320
移獵蠻荒1-25（完）	無元世紀	莫仁		192	各160
戀光明　全四部	into	戚建邦	9789867929068	320	各240
殛天之翼1：鋼之翼・空之心	into	陳約瑟	9789867929129	320	240
若星漢第一部～第三部（完）	into	今何在			各250
海穹系列 全五部	into	李伍薰			240
魔道御書房：科／幻作品閱讀筆記	知識樹	洪凌	9789867450326	240	220
有關女巫：永不止息的魔法傳奇	知識樹	凱特琳&艾米	9789867450548	256	220
從九頭蛇到九尾狐	知識樹	王新禧等著	9789866815430	192	180
阿宅的奇幻事務所	知識樹	朱學恒	9789866815492	256	199
新的世界沒有神	朱學恒作品集	朱學恒	9789866473302	304	260
宅男子漢的戰鬥	朱學恒作品集	朱學恒	9789866473982		260
魔法世界之旅	知識樹	天沼春樹&水月留津	9789866473241	240	220
柯普雷的翅膀	畫話本	AKRU	9789866815935		240
吳布雷茲・十年	畫話本	Blaze	9789866473289		480
魔廚	畫話本	爆野家	9789866473609		200
北城百畫帖	畫話本	AKRU	9789866157028		240
邢大與狐仙（上）	畫話本	艾姆兔M2	9789866157226		220
CCC5 城市大冒險	CCC創作集		9789860269598		220
CCC6 百年芳華：台灣女性百年風貌	CCC創作集		9789860280197		220
古本山海經圖說　上卷、下卷		馬昌儀			各550
聽說	小說電影館	簡士耕	9789866473371	208	199
愛你一萬年	小說電影館	簡士耕	9789866473944	256	250
初戀風暴	小說電影館	簡士耕	9789866157103	256	199
再見，東京 1～4（第一部完）	明毓屏作品集	明毓屏			各250

*實際定價以各書版權頁爲準

國家圖書館出版品預行編目資料

獵命師傳奇.Fatehunter／九把刀(Giddens) 著.
——初版.——台北市：蓋亞文化，2011.07-
冊； 公分.——(悅讀館；RE088)
ISBN 978-986-6157-43-1 (卷18；平裝)

857.7　　　　98010662

悅讀館 RE088

獵命師傳奇系列【卷十八】

作者／九把刀（Giddens）
插畫／Blaze Wu
封面設計／克里斯
出版／蓋亞文化有限公司
　地址◎台北市103承德路二段75巷35號1樓
　電話◎（02）25585438　傳真◎（02）25585439
　網址◎www.gaeabooks.com.tw
　服務信箱◎gaea@gaeabooks.com.tw
　投稿信箱◎editor@gaeabooks.com.tw
　郵撥帳號◎19769541　戶名：蓋亞文化有限公司
法律顧問／宇達經貿法律事務所
總經銷／聯合發行股份有限公司
　地址◎新北市新店區寶橋路二三五巷六弄六號二樓
　電話◎（02）29178022　傳真◎（02）29156275
港澳地區／一代匯集
　電話◎（852）27838102　傳真◎（852）23960050
　地址◎九龍旺角塘尾道64號龍駒企業大廈10樓B&D室
初版四刷／2021 年9月
定價／新台幣 199 元
Printed in Taiwan

GAEA
ISBN／978-986-6157-43-1

RE088
GAEA

獵命師傳奇

獵命師十九，還要等多久？

自2011年6月19日，《獵命師．十八》交稿的這天起，
至《獵命師．十九》交稿的那刻止，
我們總共得經歷幾天等待的日子？

我預測要 ________________ 天。（寫大一點嘿～）

姓名：________________ 生日____年____月____日 **性別：**□男□女
聯絡電話或手機： ________________
E-Mail：________________________________
地址：□□□
____

我的催稿信……

____

____

____

____

____

____

____

請沿虛線剪開、對摺、裝訂後寄出

◎請沿虛線剪開、對摺、裝訂後寄回

廣告回信　郵資免付
台北郵局登記證
台北廣字第00675號

TO：蓋亞文化有限公司　收

103 台北市承德路二段75巷35號1樓

Gaea

Gaea